望月雪絵
Mochizuki Yukie

JN037044

魔女と花火と100万円

講談社

魔女と花火と１００万円

もくじ

装幀　田中久子
装画　456

初夏の全校集会

それは花火の絵だった。

ひしめく建物たちの上で悠々《ゆうゆう》と咲《さ》く、美しい花。

薄《うす》いスクリーンからその絵が消えたとき、私ははっとした。ここが中学校の体育館で、今は全校集会中だということを思い出したからだ。

「続いて表彰《ひょうしょう》に移ります」

数学教師で担任の笹村《ささむら》先生の声が、体育館に凜《りん》と響《ひび》いた。定年を二年後に控《ひか》えた女性の先生だ。上品な見た目だけど、眼鏡の奥《おく》の目つきがするどい。背筋がしゃんと伸《の》びていて、歩き方すら模範解答《もはんかいとう》って感じだ。

全校集会ではいつも最初に部活動の表彰が行われる。今回は美術部の部員が県コンクールで入賞したらしく、新調した体育館のスクリーンにその絵を映しだしたところだった。

壇上《だんじょう》に立ったのは、黒い学ランを着た男子生徒だ。校長先生が「賞状、優秀賞《ゆうしゅうしょう》。長根《ながね》市立《しりつ》長根《ながね》中学校《ちゅうがっこう》、二年一組……」と読み上げる。

二年生。同じ学年なのに、あんな絵が描《か》けるんだ。色彩《しきさい》豊かな水彩画《すいさいが》。夜空と花火と建物だけの単純な構図なのに、夜空の微妙《びみょう》なグラデーションが美しく、わき役の建物もどこかあたたかみがあった。淡《あわ》い色で描《えが》かれた花火も、それでいてしっかりとした存在感がある。

どんな人が描いたんだろう。横顔を見ると、思わず「あ」と声が出そうになった。壇上の二年生は、私が知っている人だったから。

彼《かれ》は確か、成田《なりた》くんという男の子だ。接点はないけど、顔と名前は知っている。というのも彼は生徒会役員だからだ。それも副会長。去年の秋に立候補して、演説したのを覚えている。

生徒会で、しかもこんな絵が描けるなんてすごい。でも、壇上の成田くんは全然うれしそうな顔をしていなかった。それどころか不機嫌《ふきげん》そうだ。賞状を受け取り、壇上から下りても、その顔は変わらなかった。

表彰《ひょうしょう》が終わり、校長先生の話に入る。

校長先生はご機嫌な様子で成田くんをほめた。つい一年前にできた部活で成果をあげ、かつ生徒会に尽力《じんりょく》している彼《かれ》はすばらしい。それも生徒の向上心と自主性を重んじる、この学校の校風あってこそです、と校長先生は話した。

校風、かあ。正面左側の壁《かべ》、校歌の額の上にある「向上心」という大きな書を見る。長根中学校では十数年前から「生徒の向上心と自主性」をスローガンにしている。それは生徒会活動が活発だったときに決まったことらしい。生徒からの要望で五月の生徒会選挙を九月に変《へん》更《こう》したり（一年生に不利だからという理由だそうだ）、少数の意見も取りこぼさないようにと意見箱を設置したりした。

部活についても、五人以上の部員と顧問《こもん》の先生がいるなら生徒が新設していいことになった。成田くんは生徒会で、しかも新しくできた美術部の部員だから「この学校の校風あってこその人材なんだろう。

一組の列の中に成田くんの姿を探す。いたいた。ほめられているというのに、彼はさっきと同じ不機嫌《ふきげん》な顔で壇上《だんじょう》を見つめている。

そのあと、夏服の着方を生徒会の書記と会計が実演した。夏服を着た二人が前に出て注意点を挙げていく。書記の男子生徒は緊張《きんちょう》からかもたついていたけれど、会計の女子生徒は次々と自分の体を指し示し、よく通る声で説明していた。まるで先生が教えてるみたいだ。

生徒全員の注目を浴びて堂々としていられるのってすごいなあ。私だったら固まったまま動けないよ。感心しながら配られたプリントに彼女《かのじょ》の話をメモしていく。知らないうちに校則違反《こうそくいはん》になることは避《さ》けたかった。

二人が列に戻《もど》り、「これで全校集会を終わりにします」という生徒会長のアナウンスのあと、全校集会はお開きになった。でも、教室に戻れという号令がない。

かわりに「ですがみなさん、教室に戻る前に、大事なお知らせがあります。小田原先生《おだわら》」というアナウンスが入った。笹村先生の声だ。その言葉をきっかけに、小田原先生がみんなの前に立った。

小田原先生は二十代後半で、どこかお兄さんっぽいというか、話が分かる年上っていう感じの社会科の先生だ。お調子者の国広《くにひろ》くんは、なんのお知らせかも知らないだろうに「おーい、小田原しっかりなー！」なんて叫《さけ》んでいる。小田原先生は彼《かれ》のほうを指さし「国広くん、あとで職員室！」と漫才《まんざい》のツッコミみたいに言った。どっと生徒たちの笑い声が響《ひび》く。でもそんな明るい雰《ふん》囲気《いき》もつかの間のことだった。

「静かにしなさい」

笹村先生の冷たい声が響《ひび》く。それだけで体育館はしんと静まった。

「全校集会でふざけるとは何事ですか？　ここはあなたたちのおうちじゃありません」

笹村先生は生徒のほうを向いて言ったけど、「あなたたち」というところで小田原先生が気まずそうに目をそらした。生徒たちも時が止まったように固まっている。まるで「動いたら殺される」と思っているみたいに。

「では、小田原先生。続きを」

小田原先生があわてたようにぺこっとおじぎをし、マイクを口元に持ってくる。

「えーと、十一月の文化祭のことなんですが」

生徒たちが不思議そうに小田原先生を見る。

今は五月。文化祭はまだずいぶん先のことだ。それなのに、お知らせ？

「いろいろありまして、来年からなくなることになりました」

直後、「ええーっ」という甲高《かんだか》い声が体育館じゅうに広まった。

「なんでー？」

「俺《おれ》たち何か悪いことした？」

笹村先生の目があるとはいえ、この発表には我慢《がまん》できなかったようだ。そこかしこで生徒たちがしゃべりはじめる。

「静かに！　えー、理由は予算とか時間とか、いろいろです。あー、今年は例年どおり開催《かいさい》します。そういうわけだから、今年は最後の文化祭になるので、各自がんばるように」

ブーイングの声はさらに高まった。

「なんだよそれ、俺《おれ》たちのせいじゃないじゃん」

「なんでだよーっ！」

私は目を閉じ、こぶしをぎゅっと握《にぎ》った。誰《だれ》かが誰かに不満をぶつける声は苦手だ。

やがて、各クラスの担任の「静かに、静かに」という声が聞こえはじめた。生徒たちは不満そうに口を閉じた。

「はい、では」

体育館に凜《りん》とした声が通る。生徒にとっては一大事だというのに、笹村先生は表情ひとつ変えていない。小田原先生は笹村先生の声を聞き、あわてて上手側に戻《もど》った。

「大事なお知らせは終わり。みなさん静かに教室に戻ること」

教室に戻った瞬間《しゅんかん》、クラスでは文化祭の話題でもちきりになった。「ふざけんなよー」「なんでー」という不満の声が充満《じゅうまん》する。

次の授業は、運悪く自習だ。きっとみんなこの話題について存分におしゃべりをするのだろう。文句を言う声なんか聞きたくないから、私は私で夢中になれることをしよう。私はかばんにしまってある朝読書用の本を取りにイスから立ち上がった。かばんは教室の後ろの棚《たな》にある。

本を取り出していると、すぐ近くから、

「あ」

って声が聞こえた。誰《だれ》かにぶつかったのかと思って隣《となり》を見ると、すぐ近くで茶色っぽい髪《かみ》がゆれた。高木《たかぎ》さんだ。校則では長い髪はまとめることになっているのに、彼女《かのじょ》は天然だと言い張る髪を背中まで伸《の》ばしている。おまけにスカートもかなり短い。

先生たちにはいつも注意されているけど、長くてウェーブがかった髪は確かに高木さんに似合っているし、結んだら台無しになってしまうだろう。でも今の私は蛇《へび》ににらまれた蛙《かえる》のように固まっていて、見とれるどころではない。その気持ちを知ってか知らでか、彼女は遠慮《えんりょ》なくこちらの手元を指さす。

私の持っている本だ。

「それ、知ってる」

私は思わずまじまじと見てしまう。高木さんに話しかけられて、自分が何を読んでいたかなんて吹《ふ》っ飛《と》んでしまった。

「ええっと、『魔女《まじょ》の宅急便《たっきゅうびん》』?」

うん、と彼女《かのじょ》はうなずいた。それきり話さないので、私は彼女が何を言いたいのかを推理することになる。

「映画?　おもしろいよね」

高木さんはだまった。いい反応ではない。彼女たちのグループが「は?」とか「あ?」とか言うのを聞きなれているから、そういう言葉が出てくるかもしれないと思うと怖《こわ》くなる。

どうしよう、何か間違《まちが》ったこと言ったかな。

次の言葉に迷っていたら、「偲与華《しょか》ー」と高木さんを呼ぶ声が聞こえた。金沢《かなざわ》さんだ。彼女はまゆが細くきつい雰囲気《ふんいき》がある女の子で、クラスの派手な子たちのリーダー格だ。オレンジの色つきリップを塗《ぬ》った唇《くちびる》が高木さんに笑いかけている。

「お、どしたー」

高木さんは私と話していたのを一瞬《いっしゅん》で忘れたかのように呼ばれたほうへ行ってしまった。解放されてほっとする。でも直後、高木さんが合流したグループのほうから「地味なのと何話してたの」という言葉が聞こえて、またどきりとした。

地味なの。それが長根中学校二年三組での私の立ち位置だった。


自習の時間がはじまり、しばらくしてもどきどきは止まらなかった。

別に「地味なの」は自覚している。国広くんみたくクラスの中心人物にはなれないだろうし、高木さんのグループみたいに思ったことをすぐ言えるような子たちにもなれない。

それは十分に分かっている。

「輝《かがや》く個性を大事にしましょう」と教科書には書いてある。国広くんは教室で笑いをとる名人だし、高木さんたちは誰《だれ》になんと言われようが自分がいいと思う外見を貫《つらぬ》く。そこには「自分」ってものがあるように感じる。

私は「選びなさい」と言われるのが苦手だ。何が自分にとって価値のあるものなのか考えなれていない。だってそういうことは、子供のころからいつも誰かが決めてくれたから。

「杏《あん》は考えなくていい。これがいちばんいいの」

そう言われると、本当にそんな気がしてくる。自分がない私にとって、誰かの言葉はしるべだ。それに、誰かの言うとおりにしていればとりあえずは平和に過ごせる。平和は、私にとっていちばん大事なもの。

けれど、ちゃんと何かを選び取っているように見えるほかの子たちからの評価が気になってしまうのも確かだった。やっぱり、地味なのってつまんないやつって意味かな。まわりの子はみんなそう思っているのかな。

「うん、最悪だよ」

その声が私に向けられたものかと思い、あわてて教室の中心を見ると、金沢さんが「あーあ」とひときわ大きい声をあげるところだった。

「マジでやる気失《う》せる、文化祭なくなるとかさあ」

まわりの女の子たちもくちぐちに不満をぶちまけているのを見て、「なんだ、文化祭のことか」とほっとした。

国広くんが「テンション下がるよなー」と割《わ》り込《こ》んで嘆《なげ》く。

テンションも何も……。「長根中学校文化祭」はそもそもそういうものじゃない気がする。「ながね祭《さい》」ならまだしも。

似ているけれど、この二つは全然違《ちが》うものだ。いつか授業で見せられた地域の新聞記事が頭に浮《う》かんだ。

長根中学校の文化祭は、十一年前、当時の生徒会が立ち上げた企画《きかく》からはじまったものだ。

そのときは「どの年代の人も立ち寄れる、市民のためのふれあいイベント」を目指して、いろいろな催《もよお》しものをしたらしい。長根に伝わる昔話を劇にして発表したり、グラウンドで自由参加の盆踊《ぼんおど》りをしたり。中学生ががんばるだけではなく、商店街の出店や、お年寄りに昔の遊びを教えてもらうコーナー、保護者のバザーなどがあり、たくさんの大人に協力してもらったみたいだ。

そのイベントは地域の交流の場になるようにとの願いをこめて「ながね祭」と名づけられた。けれど年を経るにつれ、ながね祭の規模は縮小していった。今では「長根中学校の生徒が地域の歴史を調べ、模造紙にまとめて教室に貼《は》りだす行事」となって、名前も「長根中学校文化祭」になった。

「長根中学校文化祭」の準備では、記事の構成を考える人や模造紙に清書する人は大変だけど、それ以外の人は遊んでいても許される雰囲気《ふんいき》があった。国広くんとは去年も同じクラスだったけど、彼《かれ》はもちろん遊ぶ側だった。

国広くんと金沢さんは文化祭がなくなることに「サボれなくなる」とか「遊ぶ時間がなくな

る」とか散々文句を言ってから、机の上に座《すわ》っている高木さんにも「最悪だよね」と話を振《ふ》った。

高木さんは「うん」とうなずく。しばらくして、思い出したように「でも」とつけ加えた。

「別によくね？　だって調べものして紙に書くだけじゃん」

私は驚《おどろ》いて高木さんを見る。同じようにクラスの数人が彼女《かのじょ》のほうを向いた。その視線に気づき、彼女は目を伏《ふ》せる。

「遊べなくなるのは嫌《いや》だけど、来年はそのころ受験勉強じゃん、うちら。したら逆にウザいかもよ」

金沢さんは「え」と言って高木さんを見る。

「偲与華、受験勉強ちゃんとすんの？」

信じられないといった表情を浮《う》かべる金沢さん。高木さんは横を向いた。

「それは、分からん、けど」

「絶対しないっしょー、うちら頭悪いんだし」

金沢さんが笑い、高木さんの肩《かた》をたたく。その横で国広くんがあくびをした。

「でも確かに高木の言うとおりかも。やりたいかと言われるとビミョーなイベントだよな」

いまや、その会話を教室じゅうが聞いていた。さっきまで文句を言っていた子たちも一様にだまり、何かを考えている様子だ。なんとなくぎくしゃくした雰囲気《ふんいき》が教室を包む。

そのあとも給食や休み時間のたびに文化祭の話題は出た。みんなの会話は決まって不満からはじまるけれど、結局は「なくなっても別にいいよね」という話に落ち着いて、いつの間にかその話題は消えてしまう。でも、話題は消えても生徒たちの顔からは不満そうな表情が消えなかった。


その不思議な空気は放課後まで続いた。


「文化祭なくなっちゃうんだってね」

やよいちゃんが下駄箱《げたばこ》で私の顔を見るなり、そう言った。改めて言われたのがなんだかおかしくて笑ってしまう。

「何よーもう」

やよいちゃんがほおを膨《ふく》らませる。私はあわてて表情を戻《もど》した。

「ごめん。違《ちが》うの」

何が違うのかは説明できないまま、二人で昇降口《しょうこうぐち》を出る。五月も中旬《ちゅうじゅん》、あたたかい日差しが私たちを包んだ。

「んー、ショカって感じ」

やよいちゃん、怒《おこ》ってないみたい。よかった。

「でさ、文化祭！　びっくりしたよね。こちとらクラス替《が》えショックからまだ立ち直ってないっていうのにさ」

私はあいまいに笑った。私に対してそんなことを言ってくれるけど、やよいちゃんはもうクラスに友達がいるはずだ。

そんな私の気持ちを知らないやよいちゃんは、文化祭についてぽつりと続けた。

「でも決まったことなら仕方ないよね」

それを聞いて、私はほっと胸をなでおろした。感じていた寂《さび》しさも消える。

よかった。やよいちゃんは、私と同じだ。


文句を言ったって仕方ない、と私は思う。だってそれはもう決定してしまったことだから。

体育館で、笹村先生は「お知らせ」と言った。お知らせはお知らせであって「お話」じゃない。生徒である私たちが何かを言ったって、その決定をくつがえすことはできない。

ここは中学校だ（下校してもう離《はな》れてしまったけど）。中学生は、まだ子供。大人の決定に従っていれば怒《おこ》られることもお互《たが》いの気分を害することもない。だまっているだけでつつがなく毎日を過ごせるのだ。

やよいちゃんとはやっぱり意見が合う。中学生になったときクラスで最初に話しかけてくれたのがやよいちゃんだった。やよいちゃんはあとで「話が合いそうって思ったんだよね」と言っていた。「私、誰《だれ》かの悪口言ったり先生に反発したりするのあんまり好きじゃないんだ。杏ちゃんからは優《やさ》しそうな雰囲気《ふんいき》出てたから、そういうの分かってくれそうって思ったの」

そう言われたときはうれしかった。

「だから文化祭のことはしょうがない……って思ったんだけど」

やよいちゃんが言葉を続ける。「うん」と私はうなずいた。

「杏ちゃんはどう思う？」

「え？」

唐突《とうとつ》に意見をきかれてびっくりする。

「どう思うって、やよいちゃんと同じだけど」

「そっか」

やよいちゃんは残念そうに見えた。何か間違《まちが》ったことを言っただろうかと不安になる。やよいちゃんはさらに続ける。

「私も、最初はしょうがないかぁって思ったんだけど。なんかもやもやするっていうか……ヘンじゃない？　って思って」

「ヘン？　何が？」

「いきなりすぎるっていうか。みんなは不満そうだったよね。その気持ち、ちょっと分かるかも」

やよいちゃんは長い時間をかけてそう言った。

「でも、あの文化祭をやりたいかって言われると、正直違うんだよね」

そこで彼女《かのじょ》は首をかしげる。

「やりたくないなら中止になって気持ち的にはすっきりするはずなんだけどね」

歴史を調べて模造紙にまとめる文化祭なんて、大多数の生徒がつまらないと言うだろう。だけどみんなは文化祭廃止《はいし》が決まってブーイングした。

「遊ぶ時間がなくなるから廃止は嫌《いや》だ、ってみんな言ってたよ」

考えこんでいる様子のやよいちゃんにそう言ってみる。

「うん。でもそれって文化祭がなくなることに対しての不満じゃなくて、遊ぶ時間がなくなることへの不満じゃん？」

「そうだね、分かるよ」

それは国広くんたちの話を聞いていて私も思ったことだ。やよいちゃんは続ける。

「もし、文化祭が廃止《はいし》になるかわりに、その作業時間ぶんの自由時間を与《あた》えますって言われたら納得《なっとく》するの、っていう」

私は考える。

「国広くんは喜ぶ気がする……」

「あは、国広くんならありえる。去年、紙飛行機作って遊んでたもんね。でも私は、納得できないかも。……やりたくない作業をやらなくてよくなるのに、納得できないってヘンだよね」

そのあと、しばらく私たちはだまっていた。さっきの教室と同じ、不思議な緊張感《きんちょうかん》が場を支配する。風が私のわきを通《とお》り抜《ぬ》ける。生ぬるくてなんだか嫌《いや》な感じ。

やよいちゃんが最近読んだ漫画《まんが》のことを話しはじめたとき、私は「やっと解放された」と思った。

「みっちゃんに貸してもらって今三巻まで読んでるんだけどね、杏ちゃんにもおすすめだよ」

「そうなんだ」

「うん、なんたってかわいい魔法使《まほうつか》いが出てくるの。キャラ的にすごく好き。杏ちゃんも気に入ると思うな」

魔法使い。私の歩みが止まりそうになる。けれどすぐに笑顔《えがお》を作って「それは気になるかも」と話を合わせた。

魔法使い。魔法使い。

心の中で繰《く》り返《かえ》す。


やよいちゃんは新興住宅地に住んでいるから、商店街の手前で別れた。新興といっても、ずいぶん昔の話だけど。

三十年前、駅周りを中心に町じゅうがニュータウンとして開発され住宅が増えた。やがて市町村合併《しちょうそんがっぺい》があって、この町が中心となって長根市になった。

ところが約十年前、隣《となり》の市に新駅ができ、その近くに大型商業施設《おおがたしょうぎょうしせつ》ができてからはそちらが活気づいた。いまや長根市の人口は隣の市に吸い取られるばかりだ。

初夏の柔《やわ》らかい日差しの中、私は寂《さび》れた商店街を歩く。ニュータウンになる前からあった古い商店街だ。昔はそれなりににぎわっていたのだろうけど、今はどこもほそぼそとやっている。ずっと閉じられたままのシャッターも目立つ。夜、居酒屋が開けばもう少しにぎやかになるらしいんだけど、平日のこの時間は閑散《かんさん》としている。

でも、私はそんな長根商店街《ながねしょうてんがい》が好きだった。

シャッターが連なる、小さな曲がり角。近くに見えるフェンスには青々としたツタがからまっていて『駐車場《ちゅうしゃじょう》』の看板を覆《おお》いつくそうとしている。私はきょろきょろとあたりを見回した。よし、誰《だれ》もいない。

私はそこで目を閉じる。そして今この目で見たばかりの静かな商店街を思《おも》い浮《う》かべる。ただし夜だ。冬の夜。

紺色《こんいろ》に塗《ぬ》りつぶされた空に、ぽつぽつと街灯の光が浮いている。それを頼《たよ》りに私は歩き、道の中心に立った。白い息があたりのぱりっとした空気を溶《と》かす。かばんを肩《かた》にかけ直し、両手を前にかざす。私は目を開け、両手で円を描《えが》いた。そのとたんにどこからか光の球が降りてきて、商店街をキラキラと照らす。まばゆい光で一瞬《いっしゅん》前が見えなくなるけれど、すぐに目が慣れる。たちまち、誰《だれ》もいなかったはずの商店街が混みあっているのに気づく。

そこを歩く人々は、古びたお茶専門店に向かうおばあちゃんではなく、リカーショップにせっせとお酒を運ぶおじさんでもない。金色の髪《かみ》をゆらして歩く、透《す》き通《とお》るくらい肌《はだ》が白い黒衣の女の人、大きく太い腕《うで》を見せつけるように振《ふ》って歩く毛むくじゃらの大男、小さな羽を動かし、くすくすと笑う女の子。よく観察すれば、そこを歩く誰もが人間離《にんげんばな》れした外見をしていることに気づく。私はそういう人たちの間をぬって進む。

ふと、私は思い出す。アリサの誕生日が近づいている。彼女《かのじょ》へプレゼントを買わなくちゃ。大《だい》魔法使《まほうつか》いアリサ。彼女は私の魔法の師匠《ししょう》で、とっても優《やさ》しい魔法使い。歩くのがもどかしくて、私はついついほうきに手を伸《の》ばす――

がちゃん、と音がした。夜の商店街やほうきは即座《そくざ》に消え、私は現実に引《ひ》き戻《もど》される。

初夏の汗《あせ》ばむ陽気の中、私は急いで振り返り、静かな商店街を見回す。

今通ってきた道の、曲がり角のところ。そこに男の子が立っていた。

成田くんだ。

私の心臓が跳《は》ねる。

彼《かれ》の足元には、スケッチブックと、何かが入ったビニール袋《ぶくろ》。さっきの「がちゃん」はおそらくこれを落とした音だ。こちらを呆然《ぼうぜん》と見つめているツリ目は少し赤くて、小さな鼻はもっと赤らんでいる。

見られた。

そう思うや否《いな》や、私は逃《に》げるように逆方向に走りだしていた。

家に入り、急いでドアを閉める。そしてその場で座《すわ》りこむ。これだけ走ったのは、去年のマラソン大会以来かもしれない。しばらく息を吸ったり吐《は》いたりを繰《く》り返《かえ》す。胸に手をやる。心臓が破裂《はれつ》しそうなのは、走ってきたからってだけじゃない。

「杏？」

リビングのほうから声が聞こえて、私ははっとして立ち上がる。数秒の間に息を整え、汗《あせ》を腕《うで》でぬぐった。

「お母さん、ただいま」

お母さんがあくびをしながらこちらに歩いてくる。お昼寝《ひるね》してたのかな。起こしてしまったかも。

「おかえり」

お母さんは「学校どうだった?」とききながらリビングに戻《もど》ろうとする。どうやら走って帰ってきたことには気づかなかったらしい。

「いつもどおりだよ。特に何も」

私はほっとして、階段に向かう。

二階に上がり、自分の部屋に入る。お母さんの前ではなんとか取りつくろっていたけど、一人になるととたんに不安が襲《おそ》った。


あれを見られた。

よりによって、同じ学校の成田くんに。

……大丈夫《だいじょうぶ》。

制服を脱《ぬ》ぎ、部屋着のそでに腕《うで》を通しながら自分に言い聞かせる。

大丈夫。あっちは私のことを知らないし、すぐ後ろを向いたんだから。それに何をやっていたかなんて私にしか分からないはずだ。

気を紛《まぎ》らわそうと、かばんをあさる。今日の朝読書の本が出てきたので、しおりのあるページを開く。しおりは白の無地に黒猫《くろねこ》の絵が描《か》いてある。黒猫が出てくるこの本にぴったりだ……と思うけど、別にこの本にだけぴったりなわけではない。魔法使《まほうつか》いや魔女の話に黒猫が出てくるのは珍《めずら》しくもないからだ。現に本棚《ほんだな》にはそういう本がたくさんある。

しばらく読んでいたら興奮は収まった。ふう、と息をついて本を閉じる。

次に私は机の引き出しを開けた。とても古くて傷だらけのこの机は、お母さんが子供のころに使っていたものだ。引き出しは立てつけが悪いのか大きな音を立てるから、ゆっくり優《やさ》しくノブを引く。またお母さんを起こしちゃ悪い。仕事で疲《つか》れているんだから。

どうにか引き出しを開けきる。そこには一冊のノートがある。

机の上の古い筆箱から鉛筆《えんぴつ》を取り出し、ノートを開く。


学期はじめに五冊セットで買う安いリングノートたちの余り。それが私の世界を支えている。その日に見た景色を書きこむのが、私の日課だった。

本当は紙同士がちゃんとのりで綴《と》じてあるハードカバーのノートが欲《ほ》しいんだけど、お母さんに「何に使うの？」ときかれたら恥《は》ずかしいから言わない。それに、値段もちょっと高いし……。

四月から数えて二冊目になる緑のノート。それがもう半分埋《う》まっている。うれしさと、ノートが足りなくなるんじゃないかという不安が混ざり合う。

でも今日はあまり書くことがなさそうだ。だって、かなり早い段階で私は帰ってきてしまったから。

その原因について考えると思わず力を入れてしまって、鉛筆の先が折れる。不安はもはやノートが足りなくなることだけではなかった。あのとき一瞬《いっしゅん》だけ見た成田くんの顔が思《おも》い浮《う》かぶ。

彼はビニール袋《ぶくろ》に何を入れていたんだろう。なんであんな顔をしていたんだろう。赤い目と鼻は、いつか小説で読んだ小鬼《こおに》の話を思い起こさせる。はっと思いついて、私は鉛筆削《えんぴつけず》りを手に取った。先が完全にとがる前に鉛筆を抜《ぬ》き取《と》ってノートに向かう。

あの人――憧《あこが》れの「大魔法使《だいまほうつか》いアリサ」へのプレゼントを買いに来た私は、不思議な壺《つぼ》を持った小鬼に行く手を阻《はば》まれたんだ。

彼《かれ》の壺が割れるところまで書きおわった。成田くんのことをノートに書くのは抵抗《ていこう》があったけど、なかなかおもしろい話になった気がする。窓の外を見れば、もう空は暗くなりはじめている。

夕飯の準備をしなくっちゃ。私はあわててノートや鉛筆をしまう。

階段を下りると、野菜を切る音が聞こえた。急いでリビングのドアを開くと、お母さんがキッチンに立っている。

「あ、乱暴に開けちゃダメでしょ！　この家古いんだから」

「あ、お母さん。ごめん。今日お休みでしょ？　私作るよ、ごはん」

「謝《あやま》ったのはドアのこと？　それとも夕飯のこと？」

お母さんは笑った。

「だって、お母さん疲《つか》れてるでしょ、ここんとこ連勤だったし」

私はキッチンに並んだ食材を見た。にんじん。たまねぎ。じゃがいも。鶏肉《とりにく》。シチューのもと。

お母さんはきっぱりと言った。

「お休みだからって何。大人はお休みできないわよ」

そして、テンポよく野菜を切っていく。

やられた。お母さんは仕事でいつも忙《いそが》しいから、お休みの日くらいはゆっくりさせてあげようと思ったのにな。後悔《こうかい》と申し訳なさがつのる。

「杏は中学生らしく座《すわ》ってテレビでも観《み》てなさい。子供は気を遣《つか》わなくていいの。そこまで情けなくないから、私。それに今日明日の二連休だし。じゃ、あっというまにシチュー作るから」

そう言われてしまうと、言われたとおりにするしかなくなる。

私はリビングに行き、ニュース番組をつける。早めに一階に下りてこなかった後悔と、お母さんの言葉だけが頭の中をめぐる。「子供は気を遣わなくていいの。そこまで情けなくないから」か……。

大人に気を遣《つか》われつづける子供は、どうなんだろう。

座《すわ》ったソファは、寝転《ねころ》んだ人の形に温かい。


夕飯は「あっというまに」できた。お母さんの料理は基本時短であることが最優先事項《さいゆうせんじこう》だ。これは別に料理が嫌《きら》いとか下手だからじゃなくて、仕事が忙《いそが》しいから。

お母さんは県庁所在地のデパートの婦人服売り場でパートをしている。そこに勤めてけっこう経《た》つけど、シフトは毎日バラバラで、連休なんてめったに取れない。

だから、私がしっかりお手伝いしなくちゃって思ったのに。


お母さんは私を育てるために、夢をあきらめて、がんばってるんだから……。


シチューをよそって、ちょっと硬《かた》いにんじんを噛《か》む。まずいとは思わない。むしろ好きな味だった。これは優《やさ》しいお母さんといっしょに食べてきた味だ。でも最近は申し訳なさが勝って、一口食べるたびになんだか責められているような気持ちすら感じる。

「そういえば」

お母さんはバラエティー番組を観《み》ながらスプーンでシチューをすくう。そして、なんでもない、という口調で言った。

「お父さんから電話あったよ。昼ごろだったかな」

私は手を止めた。

「電話？」

お母さんは声を出さずうなずく。ちょうど大きなにんじんの塊《かたまり》を口に入れたところで、ゆっくりと嚙《か》む音が続く。お母さんが飲みこむまで待ちきれなくて、私は続けて口を開く。

「どういう電話だった？」

お母さんはにんじんを飲みこんだ。

「最近どうかとか、私らは元気かとか。そうそう、今度会いに来るって。七月中旬《ちゅうじゅん》くらいかな。まとまったお休みが取れたらって」

「ほんと？　じゃあ、お母さんの誕生日の近くだ」

三人でケーキを食べるところを想像して、思わず顔がほころぶ。お母さんは「そうだね」と言ったあと、何かを言いよどんだ。

「何？」

「お父さんね……杏を連れていきたいって言うの。あ、今度来るときじゃないわよ。もっと先の話。ほら、杏あと一年半で受験じゃない。こんな田舎《いなか》じゃ将来の選択肢《せんたくし》が狭《せば》まるだろ、都内のいい高校に行かせたい、って。東京にはいい塾《じゅく》もあるし、お金もあるからって……将来のためになるべくいい選択肢を用意してやるのが親の責任だろうって」

単純にうれしかった気持ちが、よく分からないもやもやとした気持ちに変化していくのが分かる。

だってそれって、いわゆる……親権の話、だよね?

小学三年生のとき、私はお母さんに連れられてこの長根の町に来た。

両親と三人で暮らしていた東京の家を出たとき、私はわけが分からなかった。だからずいぶん泣きじゃくったのを覚えている。

そのときは何がなんだか分からなかったけど……あるとき親戚《しんせき》の集まりに行って、おばさんたちとお母さんの会話を聞いてしまったんだ。

お父さんとお母さんは仕事が生きがいで、二人ともそれなりにキャリアを積んでいた。私が生まれても二人はなんとか自分の仕事を続けていた。お母さんに数年間の海外赴任《かいがいふにん》の話が持ち上がるまでは。

それはお母さんにとって長年の夢であり、大きなチャンスだった。お母さんはお父さんと話し合いをしたかった。家族を連れて赴任先《ふにんさき》へ旅行にまで行った。でもお父さんだって仕事を続けたかった。悩《なや》むお母さんにお父さんは「それに、子供はどうするんだ。あれもこれもなんて無理だよ」とたたみかけた。

結局お母さんは海外赴任を断った。それは、今までのキャリアを無駄《むだ》にする選択《せんたく》だった。お母さんはそのあと、今までとは全然違《ちが》う仕事をする部署に異動になった。

それから両親の仲はだんだんとぎくしゃくしはじめたらしい。

数年後、お母さんは仕事を辞《や》め、お父さんとも離《はな》れる選択をした。そして故郷の長根に私を連れてきて、パートの仕事をはじめた。


お母さんがため息をつく。

「私の収入メインでずっと二人で暮らしてくのは大変だろう、杏のことが心配だって言うの。お金のことは大丈夫《だいじょうぶ》、ないわけじゃないから。おせっかいよね……でも、東京のほうが進学の幅《はば》があるのは確かよ。いい塾《じゅく》も行かせてあげられない。それについては何も言えなかった」

胸が痛んだ。そんなの、いいのに。

また私のことで、二人を困らせたくない。

せめて私も働けたら、と思う。日本の法律では中学校を卒業すれば働ける。それで少しでもお母さんの力になれたら……。そしたら、お父さんは安心するかな？　お母さんもこんな苦々しげな顔、しなくてすむのかな？

でも、二人はきっと譲《ゆず》らないだろう。「杏は考えなくていい。これがいちばんいいの」ずっと前に聞いた言葉が頭の中に響《ひび》く。

小学三年生のとき、住み慣れた家を離《はな》れて泣く私に「杏。お願いだから言うことをきいて」とお母さんは少し冷たい声で言った。

ぼうっと物思いにふけっていると、お母さんはスプーンをお皿に置いて、私をじっくりと見た。

「あのね。杏ももう中学二年生になったのよね。……私は杏とここで暮らしたいと思う。もちろん、いちばん大事なのは杏の気持ちよ。でも、きっとお父さんは……そりゃあお金はあるかもしれないけど、杏とちゃんと暮らしていけるのか不安だわ。だから、お母さんとお父さん、もう一回きちんと話し合おうと思う。杏にとって何がいちばん幸せなのかをちゃんと考えようと思うの」

途中《とちゅう》からお母さんは早口で言う。きっと二人は、私にとってのベストを探そうとしている。そして私がそれに従うことを望んでいる。

私はうん、と力なくうなずく。そしてもやもやした気持ちをそっとしまいこむ。このもやもやを口に出したら、二人はさらに困ってしまうだろう。


お母さんに先回りして洗濯機《せんたくき》を動かし、ついでにお風呂《ふろ》も沸《わ》かしておく。手持《ても》ち無沙汰《ぶさた》になったので二階に行く。五月も中旬《ちゅうじゅん》なのに、ひんやりとした空気が足元に漂《ただよ》っていた。古い家だ。床《ゆか》はぎしぎしいう。お母さん、築何年って言っていたっけ。

部屋の電気もつけないまま、ただベッドに寝転《ねころ》ぶ。今日はいろいろありすぎて疲《つか》れた。うすぼんやりと光が入ってくる。月の明かりだ。闇《やみ》に溶《と》けこんだ手をゆっくり伸《の》ばしてみる。

そのまま、円を描《えが》く。

どこか遠くに行ければいいのに。誰《だれ》の顔色もうかがわないでいい遠くに。

そのまま目を閉じる。こうすると、一瞬《いっしゅん》で目の前に楽しい世界が広がる。古めかしい建物も、それを彩《いろど》る色とりどりの光たちも、魔法《まほう》の世界では何もかもが美しい。私は窓辺でぼんやりと
「アリサへのプレゼント、早く探さなくちゃ」とつぶやく。アリサには人間の旦那《だんな》さんと、小さな女の子がいる。みんな優《やさ》しくて、仲よしで、いい人たちだ。家族みんなが喜ぶプレゼントって

なんだろう？

私はノートを取り出して、また鉛筆《えんぴつ》を削《けず》る。

楽しい世界を書きとめると、もやもやした気持ちが晴れる。魔法《まほう》の世界に夢中になればなるほど、私はこっちの世界でもがんばれる。

小学三年生のときから使っている鉛筆削りが、ごりごりと音を立てた。

現実のことは忘れよう。お母さんたちに従おう。ノートの上で楽しく過ごせれば、私は大丈夫《だいじょうぶ》だから。

思いがけない来訪者

次の日は、数学の小テストの日だった。朝の登校中に気づいてゆううつになった。最近踏《ふ》んだり蹴《け》ったりだ、もう。

数学の小テストは、一単元が終わるごとに実施《じっし》される。授業が終わってすぐに生徒の理解度を確かめ、そこで理解していない生徒が多ければその問題の解説と追試をする。それが笹村先生のやり方だった。

数字と英字が並ぶ問題用紙を眺《なが》める。昨日のこともあってか、なんとなく集中できない。

教室の前の時計で残り時間を確認《かくにん》しようと顔を上げたら、見回りをしている笹村先生と目が合って、あわてて視線をそらした。笹村先生はさして気にしなかったようで、見回りを続ける。

ふと、ここで突然《とつぜん》立ち上がったらどうなるんだろう、なんて考えが浮《う》かんだ。笹村先生のテスト中に立ち上がるなんて、誰《だれ》も思いつかないだろうし、やろうとも思わないだろう。

バカな考えだ。私は考えを追いだすように頭を振《ふ》り、数字の羅列《られつ》を目で追うことに努める。でも空想は止まらない。頭の中で私は、驚《おどろ》いている先生とクラスメイトたちをしり目にしっかりと歩いていく。そのまま教室を出て、誰《だれ》に呼びとめられても足を止めることはない。そんなことをずっと考えてしまって、結局テストははかどらなかった。

追試が決まったらどうしよう。私はため息をついて帰路につく。やよいちゃんが「大丈夫《だいじょうぶ》だよ」と慰《なぐさ》めてくれたが、不安は消えなかった。

やよいちゃんが住宅街に消え、私はいよいよ意気消沈《いきしょうちん》しながら歩く。あ、と思ったときには家にほど近い田んぼ道を歩いているところで、とっくに商店街なんか通り過ぎていた。

五十メートルほど先に、田んぼに囲まれた古びた家が見える。引《ひ》っ越《こ》してきたばかりのころ、「古い田舎《いなか》のおうちなの。昔農家もやってたのよ」とお母さんが教えてくれた。農業はとうの昔に亡《な》くなったおじいちゃんとおばあちゃんの代でやめたらしいけれど。

重たいドアを開ける。

「杏、おかえり！」

お母さんはリビングから笑顔《えがお》で私を出迎《でむか》えた。昨日とは打って変わって明るい感じに、しばらく圧倒《あっとう》される。

「ど、どうしたの？」

「どうもこうもないよ。私はうれしい。杏が友達を連れてくるなんてさ！」

友達？

私は後ろを振《ふ》り返《かえ》る。田んぼ道には誰《だれ》もいない。

なんのこと、ときこうとしたらお母さんのスマホが鳴った。お母さんは即座《そくざ》にポケットから取り出す。

「職場だ。シフトのことかな。杏の部屋に案内したから、行ってあげて！　あとで飲み物は持ってくから」

早口でそれだけ言って、お母さんは通話ボタンを押《お》し、リビングに向かった。

友達？　案内？

覚えがない。とりあえず階段を上りながら、やよいちゃんかなと思った。家に一回だけ連れてきたことがあったから、道は知っているだろう。落とし物でもしたかな、私。

二階に着いて、自分の部屋のドアを開ける。けれど誰もいない。ふと部屋の隅《すみ》、机のほうで何か動いたのが目に入る。

私しか座《すわ》らないはずの、傷だらけのイス。

そこには、見覚えのある男子生徒が、わが物顔で座っていた。


成田くんだ。


彼《かれ》は手にノートを持っていた。あかぬけない緑の表紙には見覚えがある。引き出しにしまってあるはずの私のノートだ。

私は悲鳴をあげて駆《か》けより、それを奪《うば》った。

「なんで、返して、なんで成田くんが」

「返して、ってもう奪ってんじゃん」

その態度はみじんも自分が悪いと思っている様子はなくて、怒《おこ》るより先に驚《おどろ》いてしまう。

ふつう、人の家で物をあさるなんて、ありえないでしょ。

ふつう、人の物をのぞいて、そんな堂々としてられないでしょ。

というか、なぜ成田くんがここに。

混乱する私をよそに、成田くんは涼《すず》しい顔でいる。

「おまえ、人のことを小鬼《こおに》ってひどくない」

何を言われたのか分かった瞬間《しゅんかん》、かあっと何かが喉元《のどもと》までのぼってくるのを感じた。汗《あせ》がぶわっと噴《ふ》き出《で》る。ほおがとても熱い。

「違《ちが》う、それは」

思わず否定の言葉が口から飛びだしたけど、何も違っていない。私はうつむく。

「昨日、家までつけたんだ」

成田くんは矢継《やつ》ぎ早《ばや》に話題を変える。昨日？　全然気づかなかった。

「なんで？」

「嫌《いや》なとこ見られたと思ったら、悔《くや》しくて」

嫌なとこを見られたのはこっちだと思いつつ、昨日成田くんと目が合ったときのことを思い出す。

彼《かれ》の目は赤らんでいた。ああ、と今さら思いいたる。

彼は泣いていたのだ。

「今日おまえより早くこの家に来て、おまえのお母さんに遊びに来ましたって言ったら通してくれたんだ」

成田くんはどうでもよさそうに言った。

「でもチャンスかもしれないって思った。何か、昨日以上のおまえの弱みを握《にぎ》ればうまいこといくかもって」

成田くんはべらべらしゃべる。なんの話？　自分のしゃべりたいことが優先って感じだ。

「昨日以上？」

「ヘンな行動してたじゃん。目を閉じて、手をこうやって」

成田くんが胸の前で手を広げる。

「や、やめて！」

悲鳴に近い声を出すと、彼《かれ》はうるさそうな顔をした。

「おまえがやってたんじゃん」

やっぱり、しっかり見られていた。

「小説まで書かれてびびる。空想遊びってやつ？」

その言葉が矢のように私を刺《さ》す。恥《は》ずかしい。どうしよう。どうしたらやめてくれる？

「この、アリサって誰《だれ》？　おれみたいにモデルがいるの？」

私はノートを抱《だ》きしめ、成田くんに頭を下げた。

「ごめんなさい」

成田くんはきょとんとする。

「嫌《いや》な思いさせたなら謝《あやま》る。ノートのその部分も消します。だから帰ってください。もう忘れてください」

ノートを抱きしめる指が震《ふる》えた。見られてしまったんだ。このノートの存在自体、誰にも言ったことなかったのに。


そう、空想遊びだよ。

私にはずっと、これしかないの。

手に力が加わってノートがひしゃげる。

泣きたくなる。


「別に」

成田くんは今にも涙《なみだ》がこみあげてきそうな私を不思議そうな目で見た。

「消さなくていいよ」

「えっ」

思わず顔を上げる。

「ちょっと驚《おどろ》いただけ。そのまま書きつづければいいじゃん。小説家志望?」

成田くんは首をかしげて続けた。

「っていうか話聞いてた? 大事なのはそこじゃなくて、おまえの弱みを握《にぎ》ったってとこだよ。

消そうが消すまいが、それ書いたのは事実じゃん」

「ええと、弱みを握る、ってことは、私に何かをさせたいってこと?」

私の返答に成田くんはあきれたような顔をした。

「だから、そう言ってんじゃん」

そうなの? 全然分からなかった。

でも、この人が私に何をさせたいのかは、気になった。

「それで、何をすればいいの?」

そうきくと、成田くんはにやりと笑った。

「文化祭を取《と》り戻《もど》すの、手伝ってほしいんだ」

待ってましたと言わんばかりの表情、ってこういう顔を言うんだな。

「……ええっ？」

そこまで考えてから言葉の意味を理解して、すっとんきょうな声が出た。


「文化祭を、取り戻す？」

そうきけたのは、しばらく経《た》ってからだった。古い机の上にはジュースが二つ。さっきお母さんが持ってきてくれたものだ。

成田くんはお母さんが去ったあとのドアをじっと見つめる。

「ずいぶん、いい子ぶってるんだな、大人にさぁ」

「え？」

「気ィ遣《つか》いすぎ。ごめんなんて何度も言ってさ、自分の母親だろ？」

「だって……」

二つのジュースがお盆《ぼん》にのって出てきたとき、私は謝《あやま》ってからお礼を言った。そのあとお母さんはお茶菓子《ちゃがし》がないことを気にして買ってこようかとまで言ったけど、私は「いらない、大丈《だいじょう》夫《ぶ》」と言ってまた謝《あやま》った。

「申し訳ないもん。お母さん、いつもはすごく忙《いそが》しくて、今日はたまの休みなんだよ」

「ふーん。息がつまらない？」

彼《かれ》はためらいもなく、涼《すず》しい顔で言いはなった。

「……たまに」

ふいに言葉が口をついて出る。言ってしまってから、罪悪感で胸がいっぱいになった。

私、とてもひどいことを言ってしまった。成田くんは私をじっと見る。その真っ黒くて大きい目が私をとらえて離《はな》さない。ひょっとして今のは、人間に化けた鬼《おに》の尋問《じんもん》だったのではないか。鬼が成田くんの姿を借りて、私の本性《ほんしょう》をあばきにきたのではないか。おまえはひどいやつだ、罪深い。今にもそう責めたてられるのではないかと、突然怖《とつぜんこわ》くなった。

「だよね」

しかし成田くんは今までと同じ口調で言った。

「おれもしょっちゅう嫌《いや》になる。特にあの全校集会、ひどかった。悔《くや》しかった」

また話題が変わる。そういえば昨日の全校集会、成田くんはずっと不機嫌《ふきげん》な顔をしていた。

「おれ、生徒会の副会長やってるんだけど」

「うん、知ってる」

「生徒会……ええと、部屋に集まって会議とかするやつ。一週間に一回以上、放課後にやってるんだけど」

彼《かれ》の話の飛ぶ癖《くせ》にも、少しずつ慣れてきた。

「会議っていっても、いつもたいしたことない話で終わるけど。で、二か月前、会議の監督《かんとく》してた笹村が言ったんだ、文化祭がなくなるって」

このあと成田くんが語った内容はおおよそ次のようなことだった。

生徒会役員会議では、部活みたいに顧問《こもん》の先生がいて、それが笹村先生だった。笹村先生は毎回会議内容を聞いてコメントしたり（成田くんは口出しと言った）、メモ帳に何かを書きとめたり（成田くんは見張りと言った）するだけだったが、その日は違《ちが》ったらしい。

「春休みが終われば新学期もはじまるし、その前にみなさんに伝えておかないといけないことがあります」と前置きされ、一方的に伝えられたのは文化祭廃止《はいし》のことだった。

成田くんはそこで怒《いか》りがバクハツしたらしい。

「文化祭は生徒が立ち上げた生徒のイベントだ。なのに相談もなく、一方的に取りやめだなんて。しかもほかの生徒には今年の文化祭後まで内緒《ないしょ》って言うんだぜ」

そのときのことを思い出してか、今もぷんすか怒《おこ》っている。

「そこでおれは猛抗議《もうこうぎ》したんだ。昔の生徒会が企画立案《きかくりつあん》したのに、おれたちにすらその扱《あつか》いはどうなんだって」

「抗議って、笹村先生に？」

成田くんは当然のようにうなずいたけど、私はしばらく開いた口がふさがらなくて、そのあと素直《すなお》に感心した。彼《かれ》に感心するのはこれが二回目だ。一回目は体育館で「絵がうまいんだなあ」なんて遠くから見ていただけだった。その彼が今私のイスに座《すわ》っている。不思議なものだ。

そういえば、あの繊細《せんさい》な絵と目の前の成田くんのイメージが一致《いっち》しない。幻滅《げんめつ》ってわけではないけど、かなりギャップがあると思う。成田くんは続けた。

「笹村は『先生がたと相談する』とか言ったけど、結局何も変えてくれなかった。生徒への発表を、一年生が学校生活に慣れたころに早める、と言っただけだった」

「ええっ」

成田くんは驚《おどろ》いた私に満足そうな顔を見せたけど、たぶん私が注目したところは彼の思惑《おもわく》と違《ちが》っている。

「先生たちが決めたことを、説得して前倒《まえだお》しにしたってこと？」

ほら。成田くんは嫌《いや》な顔をした。

「説得は失敗してんだよ。おれは取りやめ自体をおかしいって言ったんだ」

それでも、すごい。私には絶対できないよ。

成田くんは続ける。

「そのあとどんなに抗議《こうぎ》しても聞いてくれないんだ。だからせめて理由をと思ってきいた。そうしたら」

彼《かれ》は息つぎをした。よくもそんな早口でしゃべれるものだと感心する。疑問とか、質問をはさむ余地がない。笹村先生にもこうやって攻撃《こうげき》したのかな。

「一言。イベントにはそれに見合う予算が必要、って言ったんだ」

成田くんはこちらをにらんだ。まるで私を笹村先生だと思っているみたいに。

「あんな文化祭なんだからそんなに予算いらないだろ、って反論したんだけど、『予算はもうゼロ円なの、それじゃ何もできない』って言うから……」

成田くんは息つぎをした。

「なら、おれは集めてやると思った」

「集めるって、予算……つまり、お金を?」

「そう。大人には絶対内緒《ないしょ》で」

私は昨日の夜のことを思い出していた。お母さんとお父さんの話。進学。お金。中学生は稼《かせ》げない、はず。

「どうするつもりなの？」

「つもり、ってなんだよ偉《えら》そうに。こっちはもうやってんだよ」

怒《おこ》ったような口調とは裏腹に、成田くんは笑った。

得意げな顔だった。今日だけで何度見ただろう。笑顔《えがお》も、怒《いか》り顔《がお》も。感情の起伏《きふく》が激しい人だ、本当に。昨日も今日も成田くんに振《ふ》り回《まわ》されっぱなし。大事なノートも見られちゃったし、大人の決定に逆らうなんて冗談《じょうだん》じゃない。

だけど彼《かれ》が「明日説明するから、帰り、商店街に来て」と言ったとき、私は考える前にうなずいていた。

「分かった、明日ね」って、ふつうに約束した。

成田くんが帰ったあとも、どこかふわふわした気持ちで自分じゃないみたいだった。

成田くんといっしょにいて、私までヘンになっちゃったんだ、きっと。

翌日は朝からなんだか落ち着かなかった。登校するときも、やよいちゃんの話を半分くらい聞《き》き逃《のが》してしまった。


生徒の文化祭のために、お金を集める。

突拍子《とっぴょうし》もないアイデアだ。なのに、成田くんはどうしてあんなに自信満々なのだろう。

そうこうしているうちに学校に着く。ぼうっとしていたことを心の中で謝《あやま》りながら、下駄箱《げたばこ》でやよいちゃんと別れる。

成田くん、どうやってお金を集めるつもりなんだろう。もうやってる、と言っていたけど……。考えていると、すぐ近くで下駄箱を閉める音がした。

「そこ、じゃまだよ」

はっと気がつくと、そばに高木さんが立っている。

「ご、ごめん！」

思わず大きな声が出て、あわてて手で口をふさぐ。高木さんはまじまじと私を見た。

「西森《にしもり》、だっけ？」

「う、うん」

私が廊下《ろうか》に出たら、高木さんは横に並んだ。

このままいっしょに教室まで行く気なのだろうか。なんとなく緊張《きんちょう》してしまう。

なんなんだ。一昨日《おととい》といい、昨日といい、今日といい。ヘンな人たちがヘンなこと、してくる。

「西森さあ」

高木さんが気まぐれ、って感じの声を出す。

「う、うん?」

「かわいそう、だね」

「え?」

何を言われたのか理解できなくて、彼女《かのじょ》の顔を見ようとしたけれど、高木さんは教室から聞こえた「偲与華《しょか》~!」という声に反応して去っていってしまった。「おっすおはよー」

ただ一人廊下に取り残された私は高木さんの言葉を頭の中で繰《く》り返《かえ》した。

かわいそう。

地味なの。

かわいそう。

息がつまらない？

成田くんの声まで被《かぶ》る。

向こうから笹村先生が歩いてきた。私は顔を背《そむ》けて教室に入り、朝読書の準備をした。

帰り道。やよいちゃんと別れ、人気《ひとけ》のない商店街に足を踏《ふ》み入《い》れる。どきどきしながら一昨日《おととい》私が成田くんと会った場所に向かう。成田くんは「商店街」としか言わなかったけど、なんとなくそこのことだろうなと思った。

小さな角の通りには三店舗《てんぽ》お店が連なっていた。そのうちの二つは居酒屋だけど、一つは今の時間でも開いているようなお店らしい。ドアが開いていて、その上には「リサイクルショップナガネ」と書いてある。

ぼうっとそちらを眺《なが》めていると、ふいに背後から車のエンジン音が聞こえた。白い軽トラック。あわてて道の真ん中からリサイクルショップのほうに寄る。

軽トラックは私のそばに止まった。やがて緑のエプロンをつけた人当たりのよさそうなおじさんが出てくる。私を見ると笑顔《えがお》を作り、近よってきた。

「お客さん？　ごめんね、今出張買い取り中だったから」

「あ、いえ、その」

勘違《かんちが》いされてしまった。友達と待ち合わせしていて……と言おうとすると、それよりも早くおじさんがぽんと手を打った。

「あ、もしかして賢人《けんと》の友達？　同じ中学校の制服だ」

おじさんの胸を見ると、エプロンに「成田」という文字が刺繍《ししゅう》してあった。

「賢人？」

「おうい賢人」

おじさんはお店の中に入っていく。

中をそっとのぞくと、いろいろなモノが並んでいる。家電製品とか、おもちゃとか。モノであふれているとはこのことだ。でも汚《きたな》いという印象は受けない。リサイクルショップなら中古品を売っているんだと思うけど、どれもきれいに手入れがされている。お店の端《はし》っこには、お買い得コーナー。その隣《となり》には、木工品やオブジェが置いてある。木工品のところには「家具や不要木材で作りました」という張り紙が見えた。

おじさんの姿は見えなくなった。おそるおそるお店の中に入ってみる。「不用品買取　壊《こわ》れていても一度ご相談を！」「なんでも修理・リメイク受けつけます」などのポップが入り口に躍《おど》っている。その奥《おく》、家電製品やおもちゃの群れを抜《ぬ》けると、古めかしい棚《たな》に行きつく。そこにはたくさんの食器が並んでいる。

がたん。

ドアが開いた音がしたと思ったら、成田くんがお店の奥からこちらに向かってきた。

「上」

「え？」

もどかしそうに成田くんが天井《てんじょう》を指さした。そして奥のドアのほうに戻《もど》っていく。私は急いで彼《かれ》の背中を追いかけた。

ドアの奥には階段があって、成田くんはだまって上る。

「ここ、成田くんち？」

「そう」

ぶっきらぼうな答えが返ってくる。「う」の消え方が乱暴で「おれは不機嫌《ふきげん》です」と言っているようなものだった。

「なんでおやじに見つかってんの」

「ご、ごめん」

彼《かれ》が何に怒《おこ》っているのか分からないまま謝《あやま》る。成田くんは一回振《ふ》り返《かえ》ってヘンな顔をした。

「おまえってすぐ謝るんだな。ヘンなの。それ、直したほうがいいよ」

驚《おどろ》いて口をぱくぱくする。なんて返そうか迷っていると、二階の廊下《ろうか》に着いた。彼は奥《おく》のドアまでまっすぐ歩いていく。そして「賢人」と書いてあるプレートが下がったドアを開けた。部屋の前にはキャンバスや画材が立てかけられている。

「新しいやつが来たよ」

成田くんがそう言って中に入る。誰《だれ》かいるの？

「何、やってんだよ。早く入れよ」

「あの……」

部屋の前でうつむいていると、短いスカートが視界に入った。うちの学校の制服だ。

「西森」

聞き覚えのある声に名前を呼ばれ、顔を上げる。「あっ」と声が出た。太ももが見えるスカートの持ち主は高木さんだった。

彼女《かのじょ》は、ふっと笑って成田くんを見た。

「ほら『西森』だったじゃん」

「あれ。西野《にしの》だと思ったんだけど」

「てきとー」

「だって表札、一瞬《いっしゅん》しか見なかったし」

私といえば、そんな二人のやりとりを混乱しながら眺《なが》めているだけだった。なぜ、高木さんがここに？

「バーカ。何が賢人だよ、全然賢《かしこ》くないじゃん」

「偲与華、言葉遣《ことばづか》い汚《きたな》い」

高木さんの後ろで正座をした女の子が言う。彼女も長根中学校の制服を着ていたが、そのスカートは膝《ひざ》を覆《おお》い隠《かく》している。きれいな黒髪《くろかみ》が後ろで束ねられていて、きちんと背筋を伸《の》ばしている姿はまるで校則を説明したプリントに出てくる女の子だ。と思ったけど、それもそのはずだと納得《なっとく》した。その顔には見覚えがあった。そうだ、一昨日《おととい》夏服の着方を説明していた生徒会の女の子だ。

「たぶん賢《けん》くん、何をするかも言ってないでしょ」

奥《おく》のほうから声が聞こえる。勉強机に小柄《こがら》な男の子が向かっていた。陶器《とうき》のように滑《なめ》らかな顔は青白い。彼《かれ》は制服ではなく、深緑色の長袖のシャツにカーゴパンツをはいていた。

成田くんはうん、と答える。

「実地で説明したほうが早いから」

男の子は笑った。「賢くんらしいよねえ」

「らしいとからしくないとかじゃなくて」

生徒会の女の子の声が響《ひび》く。体育館で制服の着方を説明するときと同じ、落ち着いた大人っぽい声だった。

「仲間に入るっていうのは、すべて説明したうえで判断させることじゃないの？　まさか成田くん、嫌《いや》がってるのに連れてきたとかじゃないよね？」

「違《ちが》うよ。来る？　ってきいたらうなずいたんだ、そいつ」

「なら、いいけど」

彼女《かのじょ》は成田くんにそう言ったあと、私の目を見た。

「初めまして。私、佐久間加奈《さくまかな》。ええと、西森さん？」

「はい。あ、えっと」

部屋じゅうの全員が私を見ていることに気づく。仲間に入ると言った覚えはない。だけど四人の視線に耐《た》えられず、自己紹介《じこしょうかい》をしてしまう。

「西森杏です。よ、よろしくお願いします」

「西森、テンパってるよ」高木さんが笑う。「かわいそー」

その「かわいそー」が朝の「かわいそう、だね」と重なる。高木さんが続ける。

「昨日ラインでこの子が来るって聞いたときさ、めっちゃ同情したよ、うち。朝学校来たら下駄《げた》箱《ばこ》でぼうっとしてるし、これ、無理やりってやつなんじゃないかなあって」

「も、もしかして」

口ごもりつつ、彼女《かのじょ》を見る。

「朝のかわいそう、ってそういうこと？」

「うん。あれ？　成田から聞いてないの？　うちらのこと」

うなずく。高木さんが成田くんを見るので、私も成田くんの顔に視線を向けた。

「だって、ほかに誰《だれ》がいるかとかきかれてないし」

成田くんはあっけらかんとそう言いはなった。

「はぁー？」

高木さんが責めるような声を出す。

「うち、成田が言ったんだと思って声かけちゃったんだけど。めっちゃヘンなやつじゃん」

高木さんがこちらを見る。私は「ヘンなやつ」にうなずくわけにもいかずあいまいに笑った。

「偲与華、メール来てるよ」

佐久間さんの言葉に、高木さんが振《ふ》り返《かえ》った。

「ほんとっ？」

高木さんがかがんで床《ゆか》に置かれたノートパソコンの画面を見る。

「またお願いします、だって、やった」

「喜ぶのはあと。とりあえず返信でしょ」

佐久間さんの言葉にうなずいてキーボードに指を置く高木さん。

メールって、何をしてるんだろう。

もしかしてお金を集めるって、ヘンなことではないだろうか。中学生の女の子が二人もいるんだし……。

「ぼくも、がんばろう」

高木さんが喜んでいる様子を見て、奥《おく》の男の子がスマホを取り出した。

「あいつらは、ネット組なんだ」

成田くんがいつの間にか私の横に来て言う。

「ネット組？」

「うん。ネットで稼《かせ》ぐ組。女子二人は、記事書いたりとか」

「き、記事？」

思いもよらなかった言葉にびっくりする。

「そ。どんなのかは見れば分かる。ああいうの、ネットでいくらでも募集《ぼしゅう》があるんだよ。だからちょっと文章が書ければ稼げるんだ」

「簡単って言い方しないでよ」

高木さんがむくれている。「慣れるまではけっこう大変なんだからね」

「高木さんが、記事……文章を書いてるの？」

思わず口にしてしまう。高木さんがキーボードを打つ姿が想像できない。

「そうだよ。仲介《ちゅうかい》サイトに登録して、クライアントを探して売りこみのメールを打つの。あ、メールは加奈に手伝ってもらってばかりだけど」

「記事の校正もするけどね」

「でも最近は直し少なくなったでしょ！　で、クライアントが受け入れてくれたら作業開始。クライアントが確認《かくにん》してオッケー出たら銀行振《ぎんこうふ》り込《こ》み。仕事の手順はだいたいそんな感じ」

私はぽかんとして高木さんの説明を聞いていた。「仲介《ちゅうかい》サイト」「クライアント」なんて言葉が彼女《かのじょ》の口から出てくるとは思わなかった。

高木さんが、何やらパソコンを操作して、私の前に持ってくる。

「見て、これ。うちが書いたやつ」

『中学生の読書感想文におすすめ！　読みやすくておもしろい本トップテン♪』

太字の見出しが躍《おど》る記事。スクロールすると、「そろそろ夏が近づいてきました。夏といえば夏休み。でも、宿題はできれば早めに終わらせたいですよね……」という文が続く。その下にはランキング形式で、読書感想文を書くのにおすすめの本と解説が書かれている。

「うちはこういうの中心。で、加奈は旅行の記事。うちもたまに書くけど」

「旅行の記事？」

「同じ感じだよ、『京都の女子旅におすすめ名所五選！』みたいな」

「なるほど……。旅行に行って、書くってこと？」

佐久間さんが首を横に振《ふ》る。

「行ったことない場所でも人気度とか歴史を調べて、ブログとかＳＮＳに投稿《とうこう》されてる感想を参考にするの。慣れればけっこう楽よ」

「えっ、でもうちは本のほうが楽だし楽しいなー」

「でも……中学生がそういうこと、大丈夫《だいじょうぶ》なの？」

「仲介《ちゅうかい》サイトの規約も十八歳《さい》以上からだし、バレたらまずいでしょうね」

佐久間さんがさらっと答えた。

「バ、バレないの？」

「インターネットだから顔は見えないし、書類の提出とかないしね。銀行口座の登録は必要だけど」

「うちは銀行口座とかないから、大学生のお姉ちゃんの名前借りてやってるよ～」と高木さんが言う。

「それはそれでまずいんだけどね」

私は貸してもらったパソコンの画面をスクロールする。

ネットでよく見るような記事だけど、それの書き手が目の前の女の子たちだなんて、にわかには信じられない。特に高木さんが、なんて……。

そんな私を見て、高木さんはぺろっと舌を出す。

「ヘンだよね、うちがこんなことしてるの。うちもヘンだと思う」

はにかみながら言う高木さんは、学校で感じた威圧感《いあっかん》なんて欠片《かけら》もなかった。言い終わってから、高木さんは「あ！」と言って私を指さした。そして「魔女宅《まじょたく》！」と叫《さけ》ぶ。

一瞬《いっしゅん》なんのことか分からなかった。

「あ、朝読書の本のこと？」

「そう！　あのさ、うち、ちょっと前から読書にハマッたんだ。好きなアイドルがオススメしてる本、なんとなく読んだらめっちゃおもしろくて、そこからいろんな本読んでるの。でもまわりは『キャラじゃない』って笑うから、いちおう隠《かく》してる」

隠してる、のところで彼女《かのじょ》は一瞬目をそらす。

「それで、成田からこの話聞いて。ネットでいろいろ探してたら好きな本の感想の記事書くシゴトがあって、絶対やりたい！　って思って。最初は大変だったけど、加奈もいたし……最近は慣れてきた」

「偲与華、文章力上がったよね。私も売り上げ抜《ぬ》かれないようにがんばらないと」

佐久間さんが表情を変えずに高木さんをほめる。

「ほんと？　うれしー。……あ。そう、魔女宅《まじょたく》の話。うち、あれ読んだの。最終巻まで」

「ああ、そうだったんだ」

あのときはてっきり、映画の話かと思った。映画はとても有名だし、高木さんが本を好きなようには思えなかったから。これって、ちょっとひどいかも。

「勘違《かんちが》いしてた。ごめんね」

「ううん！　あのね、映画は終わりがセツないから嫌《いや》。キキとジジがずっと会話できないままなんて！　……って、一昨日《おととい》からずっと語りたかったの。それだけ」

高木さんは私をじっと見て、それから笑った。私も、今度はごまかすような笑い方じゃなくてちゃんと笑えた、と思う。

「話終わった？」

成田くんは私たちの返事を待たず、奥《おく》の机を指さす。

「で、後ろの姫野《ひめの》がポイントサイト」

「ポイントサイト？」

「アンケートとかアプリダウンロードでポイントためて換金《かんきん》するサイトがあるんだよ」

それは知らなかった。「姫野」と呼ばれた男の子を見ると、照れたように頭をかいている。

「ぼく、賢くんやみんなみたいに何かできるわけじゃないから……全然お金は稼《かせ》げてないんだけどね。今だって月千円くらい」

「姫野もクラウドソーシング使おうよー。ゲームとかするんでしょ？　そういうのレビューしてオススメ記事書けば稼げるって！」

「ほら、偲与華、返信」

高木さんが佐久間さんに言われてキーボードを打ちはじめる。不思議な光景だ。優等生に見える佐久間さんとクラスの派手でにぎやかなグループにいる高木さんが、同じパソコンの画面をのぞきこんでいる。

そんなにみんな、文化祭を復活させたいの？

そもそも、と疑問がわく。そもそもいくら稼ぐ気でいるの？

「百万円」

タイミングよく成田くんがそう言った。

「このメンバーで百万、一年で稼ぐ」

「ひゃ、百万？」

それが大人にとってどんな数字なのかは分からない。ただ、中学生の私たちにとっては途方《とほう》もない金額だ。そのお金で何ができるのか、すぐには思いつかない。

「ど、どこから出てきたの、その数字」

成田くんにきいたつもりだったが、佐久間さんが反応する。

「昔の生徒会の資料をあさったの。そうしたら、全盛期《ぜんせいき》……いちばん生徒会活動が盛り上がっていたころの文化祭の予算案が出てきたの。諸経費入れて九十八万六千八百円。つまり約百万円」

そうか、佐久間さんは生徒会の会計だった。

「で、でも……それって地域の人を呼んで、劇とか盆踊《ぼんおど》りとかしてた時代のことだよね？　全然盛り上がってない今は、そんなに予算いらないんじゃ」

「意味がないんだ」

今度は成田くんがきっぱりと言った。

「正直、今の文化祭はしょぼい。ながね祭の時代に比べたら『ただ惰性《だせい》でやってる』って感じだ。それを続けたって意味がない。どうせなら昔みたいな大きなイベント、ながね祭を復活させたい」

高木さんのキーボードを打つ手が止まった。

「そうだよ。大人は文化祭って名前でごまかしてる。調べものさせて、適度にサボれるような空気にしてさ。しかもそんな文化祭まで相談なしに奪《うば》うなんて。うちらが何もできないって決めつけてるんだ」

「そうだ、大人はおれたちをナメてる。だから目にもの見せてやるんだ」

成田くんと高木さんが怒《おこ》った顔をする。その横で佐久間さんが淡々《たんたん》と言った。

「ま、今は月のノルマ全然達成できてないんだけどね。平均して、四人でせいぜい月四万くらい。このままじゃまずいよ」

「分かってるよ」

成田くんがいらついた声で答えた。私はそれを聞いて、成田くんにたずねる。

「笹村先生に、文化祭廃止《はいし》って言われたのは二か月前って言ってたよね」

彼《かれ》はうん、とうなずいた。

ということはもう八万円近くは稼《かせ》いでいるのか。中学生が、四人で。

すごい。

「で、西森さん。あなたは何ができるの？」

佐久間さんが私のほうに顔を向けた。その言葉を合図に、またみんながこちらをいっせいに見る。

わ、私？

「私は……」

私がお金儲《かねもう》けでできること？　そんなの、考えたこともない。

そりゃあ、大人になったら働くんだとか、高校生になったらアルバイトをするのかもと考えたことはあるけれど。

将来どうやってお金を稼《かせ》ぐのか、何をしたいのかなんて、具体的なイメージは何もなかった。

……お母さんは、私のせいでやりたい仕事ができなかったし。

「分から、ない」

そう言うのが精いっぱいだった。一瞬《いっしゅん》みんなだまったけど、高木さんが笑いかける。

「そんなの、分かんないよね！　加奈はキツいよ、自分がちゃんとやりたいことがあるからってさ」

「やりたいことと、できることは違《ちが》う。私はできることをきいてるの」

「うわっ、先生みたいなこと言うね。つか先生でも言わんわ、そんな夢のないこと」

うつむいていると、成田くんに肩《かた》をたたかれた。

「大丈夫《だいじょうぶ》だよ」

　顔を上げる。成田くんは慰《なぐさ》めるような表情でも同情したような表情でもなく、「当然だ」という顔をして言った。

「できることが何もないなら肉体労働があるよ」

　高木さんがあきれた顔をした。

「そんな勝手に……かわいそー」

「できることが何かを考える時間使って体動かせば無駄《むだ》がないだろ。それに、嫌《いや》になったら無理にでも考えるようになるよ。自分にはもっと効率よく稼《かせ》げる方法があるはずだって」

　成田くんは廊下《ろうか》に消えてから「西森、ついてこい」と言うので、あわててあとを追った。


　成田くんは一階に下りると、きょろきょろと何かを探すそぶりを見せた。そして入り口のほうで古びた自転車をいじっているおじさんを見つけて、「おまえはちょっと待ってろ」と言い残しておじさんのところへ歩いていった。

　成田くんとおじさんが話している。おじさんは困ったような顔で成田くんの話を聞いていた。

　やがて首を振《ふ》る。成田くんがどなる声が響《ひび》いた。

「なんでダメなんだよ！」

「なんでもだ！　中学生の女の子を雇《やと》うなんて、無理だよ」

肉体労働ってそういうことか。

「おれはいいのに？」

「おまえはうちの子だからだ。いいか、誰《だれ》かを雇うってのは、本当はいろいろな書面上のやりとりとか、報告とか必要なんだ。中学生を雇っています、なんて役所に報告できるか？」

おじさんの言うことはもっともだ。そんなこと、ダメに決まっている。

おそるおそる入り口に近づくと、険しい顔をしたおじさんと目が合う。そのとたん、おじさんは申し訳なさそうな顔になる。

「ああ、ごめんね。君が働きたいっていう気持ちを否定するわけじゃないんだけど」

いつの間にか私が働きたいと言いだしたことになっている。

おじさんは手を動かしながらこちらを見上げている。手には自転車のチューブ。さびだらけの自転車は変形したカゴやいろんなパーツが取り外されていた。分解して壊《こわ》しているのだろうか。

荷台には「山本《やまもと》さん　シニア割」というタグがついている。

「でも、大人にはいろいろあるんだ。中学生は雇っちゃいけないって法律で決まっているし」

「そうです、よね」

そう答えると、成田くんが私をにらむ。そんな顔したって、無理なものは無理だ。

おじさんの話を聞きながら、ここで働けないということになったら私はどうなるんだろう、と考えた。うちにはパソコンがあるけれど、お母さんも使うから四六時中触《さわ》れるわけではない。

ほかに稼《かせ》げる方法がなければ、私は成田くんたちの仲間でいる意味がないだろう。きっと成田くんからも解放される。ならこれでいいじゃないか。やっかいごとに巻きこまれるなんてごめんだ。私は平和に生きなきゃいけないんだ。めいっぱい、いい子でいなきゃいけないんだ。私がいるだけで、お母さんやお父さんに心配かけるんだから。

下を見るとバラバラにされた古い自転車が目に入った。ふと成田くんの声が頭に響《ひび》く。


息がつまらない？

今まで私は、やりたいことなんてなかった。というか、自分で何かを決めて迷惑《めいわく》がられたくなかった。長根に連れてこられたときだって、本当は三人で暮らしたかった。でもそんなこと言ったってどうにもならない。

お母さんは、不満なんて言わない。でも、負担をかけてしまっている意識は変わらない。どこかへ消えてしまえればと思ったことは何度もある。そのたびに魔法《まほう》の世界に逃《に》げこんで、私はそういう気持ちを発散させてきた。

でも最近、二人の言うことをきこうとするたび、もやもやがあふれて止まらない。

もしここで、それが少しでも変わるのなら……。


「あのう」

私は思わずおじさんに向かって話しかけていた。

「どうしても、ダメでしょうか」

「ええと……」

おじさんが手を止め、困った顔をする。私は何も考えずに発言してしまったことを後悔《こうかい》する。

「あの、すみません。ダメならあきらめます」

おじさんはうーん、とうなって、工具をていねいに石畳《いしだたみ》の上に置いた。

「働くのはやっぱりダメだ。認められない」

「そう、ですよね」

「でもそうだな。理由だけきいておこう。君はどうしてお金が欲《ほ》しいの?」

「私は……」

口ごもったけど、成田くんをちらっと見て続ける。

「何かしたい、って思ったことがなくて。でも、成田くん……賢人くんといろいろ話したら、気づいたんです。私、本当は何かをやってみたいんだって。そのためには、必要なんです。きっと、お金が」

おじさんはだまっている。私も話していて意味が分からない。きっと分かってはもらえない。

うつむきかけると、

「何かをやってみたい、か……」

おじさんは独り言を言って、私を見た。

「君にだって、何か事情があるんだろうね」

そんな言葉をかけてくれるなんて、意外だった。迷ったけれど……小さくうなずいた。

そのあと、おじさんの視線はぐるぐると店内をめぐった。ふと、その目は食器棚《しょっきだな》にとまった。

「そうだ!」

そして、びっくりするような大声をあげておじさんは私を見た。

「ごめんね、やっぱり雇《やと》ってはあげられない。でも、『お手伝い』なら許そう」

「何が違《ちが》うんだよ」

成田くんの言葉に、おじさんはにやっと笑ってから、私に名前をきいた。私が答えると、

「西森さん。君はリサイクルショップが好きなんだ。だからここによく来てしまう」

私はまばたきして、次の言葉を待つ。

「でも、モノの配置が気に入らない。だってこんなごちゃごちゃしてるんだから。そこで君は勝手にモノの配置を変えちゃうんだ」

えっ。

「そしたら店内がきれいになって、ぼくは結果的に君に感謝する。『いいお手伝いをしてくれた』ってね。もちろん労働じゃないからお金は渡《わた》せない。だから、あれを感謝の気持ちとして手渡す」

あれ、と指し示された方向には、古めかしい食器棚《しょっきだな》。そのいちばん上には食器のセットがあった。薄《うす》いビニールで覆《おお》われた水色の箱の中には上品な色合いのカップやお皿が入っていて、『新品未使用』というポップが貼《は》ってある。

「ブランド品だ。売ればいいお金になるよ。最近はフリマアプリなんてものもあるんだから便利

だよね」

おじさんはにっこりしている。

「どうだい、西森さん」

私はうろたえながら考える。確かに、それなら誰《だれ》にも迷惑《めいわく》かけてない……よね。

「成田さんがそれでいいのなら、あの、お願いします」

「賢人もいいよな？」

「大人ってずりーな」

そう言いながら成田くんはいつの間にかふきんを持っている。

「新しく入った洗濯機《せんたくき》ってドコ？」

「まだ外。拭《ふ》いてくれるか？　じゃあ西森さんは中でよろしくね」

そう言って二人は外でおのおの作業をはじめてしまう。

ええっ。いきなりそんなこと言われても……。もうすっかり成田親子のペースだ。

とまどいつつ、おじさんがさっき言っていたことの意味を考える。

モノの配置を変える……か。とりあえず店内を歩いてみる。さっきの食器棚《しょっきだな》が目に入る。中には食器が並んでいたけれど、棚自体も売り物で値段が書いてある。食器棚に食器が並べられていると、雰囲気《ふんいき》がある。空っぽの棚《たな》として置かれるよりも魅力的《みりょくてき》に見えるだろう。

ふと上のほうを見ると、小ぶりのティーカップや、おしゃれな模様が施《ほどこ》されたワイングラスが並んでいる。あ、かわいいと思って手に取ろうとするけど、今私はお客さんじゃないんだった。すっかり忘れていた。

しかし、上に伸《の》ばしかけた手を見て、ふとひらめく。ああいうティーカップやワイングラスは、どちらかというと女の人が好きなものなんじゃないか。いつかお母さんと雑貨屋に行ったとき、かわいいお皿たちを二人で夢中で見ていたことを思い出した。

でも今そういう食器たちは、私の身長より一段高い位置にある。

もっと下にあったほうが女の人は見やすいかも。

私は決心して、ティーカップやワイングラスたちを一段下に置き直すことにした。きっと手前は小さいもの、奥《おく》に大きいものを配置したほうが見やすいだろう。ぎゅうぎゅうにつめるよりは、間に余裕《よゆう》を持たせて。地震《じしん》が来たら危ないから、板のふちからは離《はな》そう。値札は見やすいように。試行錯誤《しこうさくご》していると、意外にもこの作業が楽しいことに気づいた。

成田くんとともに洗濯機《せんたくき》をかかえてお店へ入ってきたおじさんの目がこちらに向く。

「おお、やってるね。食器の移動?」

「あ、はい。女の人が見やすい位置に置こうかな、と思って」

緊張《きんちょう》したけれど、おじさんはなるほど、とうなずいた。それに合わせて洗濯機《せんたくき》がぐんとゆれる。

「おい、バカおやじ、ちゃんと前向け!」

「親に向かってバカとはなんだ!」

騒《さわ》がしい店内だ。私はグラスを握《にぎ》りながらくすくすと笑った。


その日はずっと食器棚《しょっきだな》と格闘《かくとう》していた。五時半を回るころ、二階から高木さんたち三人が下りてきて「帰るね」とお店を出たのをきっかけに、おじさんが「そろそろ終わりにしようか、お疲《つか》れさま」と声をかけた。そしてはしごを出し、食器棚のいちばん上から食器のセットをおろす。

「ちょっと待ってて」

おじさんはそう言って店の奥《おく》に消えた。成田くんもだけど、よくこんなにモノがあふれる店内をひょいひょい移動できるなと思う。

ちらっと店の正面を見ると、自転車が一台置いてあった。

一見、さきほどの古い自転車とは分からなかった。ひしゃげていたカゴは新品になっていたし、何よりさびだらけだったボディがシックな茶色に塗《ぬ》り直《なお》されていた。

「隣《となり》のじいさんの使ってた自転車。孫が使うから修理とリメイクしたんだってさ」

拭《ふ》き掃除《そうじ》をしていた成田くんはバケツの中でぞうきんを絞《しぼ》っている。

私は自転車をまじまじと見た。イメージが全然違《ちが》う。捨てられてもおかしくない、古い自転車だったのに。

改めて店内をぐるりと見回す。

「成田くんち……リサイクルショップなんだね、しかも商品を売るだけじゃなくって修理もするんだ」

感嘆《かんたん》の意味もこめて私は言った。

「うん。簡単に物を捨てるのが許せないんだってさ。ダサいよな」

成田くんがきっぱりと言い切る。思わず彼《かれ》を見ると、きつくぞうきんを絞りながらまゆを寄せている。

「金が欲《ほ》しいからやってるけど、じゃなきゃこんな店」

「こんな店?」

「潰《つぶ》れちゃえばいい」

私はしばらく固まる。なんて言えばいいのか分からなかった。

『潰れちゃえばいい』？

さっきまでにこにこ笑っていた、店主であり成田くんのお父さんであるおじさんのお店。

どうしてそんなことが言えるの、とききたいけれど。

「西森さーん、今日の報酬《ほうしゅう》。あ、違《ちが》ったお礼」

おじさんが店の奥《おく》から食器セットの箱をかかえてやってきた。成田くんは口を閉ざし、バケツのふちにぞうきんを干した。私はおじさんのほうに顔を向けた。

箱は、中の食器がすべて抜《ぬ》かれていた。

「今日は箱代ってところかな」

成田くんが立ち上がり、箱をのぞきこむ。

「ナメてる？」

「バカいえ、箱はとっても大事なものなんだ。あるとないとじゃ買い取り価格が違う」

それに、と目を閉じておじさんは続ける。

「想像してごらんよ。部屋に置かれた箱にどんどん食器が収まっていく、ってのはすてきじゃないか？　完成が待ち遠しくなって、お手伝いも楽しくなるぞ」

私はおじさんと同じように目を閉じて、部屋の古い机に置かれた食器たちを想像する。

部屋の古めかしさと上品な食器たちが絶妙《ぜつみょう》にマッチして、雰囲気《ふんいき》あるかも。

「そう、ですね」

「でも、それ売るために集めるんだろ？」

成田くんだけがけげんな表情でいる。


その日は箱を袋《ふくろ》に入れてもらって帰った。家の前に立った私は、明かりがついていないことを確認《かくにん》してカギを開ける。お母さんが帰ってくるのはきっとまだ先だけど、一刻も早く箱を隠《かく》さなければと思った。急いで部屋に行って、机のいちばん下の引き出しを開ける。箱を入れ、おそるおそる引き出しを押《お》しこんでみる。引っかかる様子もなく、引き出しは机の中に戻《もど》っていった。

ひとまずほっとする。なんだか力が抜《ぬ》けて、ぼふんとベッドに倒《たお》れこむ。

とても疲《つか》れた。でもいい気分だ。

そのまま目を閉じる。

ふわふわと、温かい光で目が覚めた。ずいぶん眠《ねむ》ってしまったみたいだ。目をこすって、窓からさしこむ光に近づく。街は美しく飾《かざ》りつけされていて、真ん中には大きなクリスマスツリーが生えている。鈴《すず》の音《ね》や、歌声が響《ひび》いている。行かなくちゃ、とぼんやりと思う。

私はベッドの隣《となり》に立てかけてあるほうきに手を伸《の》ばす。そして窓を開け、外に飛びだした。落ちていく体はほうきによって助けられ、一瞬《いっしゅん》で屋根よりも高く飛び上がる。

早く行かなくちゃ。アリサに、すてきな贈《おく》り物《もの》がある。

私は出かける前にかばんに入れたブルーの箱を眺《なが》めて笑った。

きっと喜んでくれるはずだ。

私だけのもの

次の日の朝、下駄箱《げたばこ》で高木さんに「おはよ」とあいさつされた。高木さんはニッと笑って、私の肩《かた》をたたく。

「成田んちのおじさんに働きたいって言い張ったんだって？　やるじゃん」

高木さんは軽いスキップを踏《ふ》みながら教室に向かった。上機嫌《じょうきげん》だ。私までうれしくなる。

そういえば、新しいクラスになってからあんなにも親しげに声をかけてくれたのは彼女《かのじょ》がはじめてだと気づく。高木さんと話すなんて全然予想していなかった。ずっと平行線のまま、交わることがない人たちの一人だと思っていた。

昨日だってそうだ。自分がどこかに「雇《やと》ってください」と言うなんて、今までは考えたこともなかった。何かを他人にお願いするなんて。新鮮《しんせん》な感情だった。どきどきするような、はらはらするような、それでいて目の前に新しく道が開けたかのような、そんな気持ち。そしてこれがいちばん大事なことなんだけど……お願いをしても、私は私でいられた。自分の手のひらを見る。私は今まで、何かを望めばこなごなに砕《くだ》けちると思っていた。でも、昨日一生懸命《いっしょうけんめい》グラスを握《にぎ》っていた指は今日も元気に動いている。当たり前のことなんだけど、私にとっては驚《おどろ》きだった。

教室に向かいながら、成田くんってすごいな、と思う。ここまでできたのが成田くんのせいなのか、成田くんのおかげなのか、どっちにとらえればいいのか分からないけど。

とりあえず、今日もお店に行ってみよう。


やよいちゃんと別れると、私は商店街まで走った。我ながらヘンだ、と思う。

実際お店に行ったら、ちょうど帰ってきたところだった成田くんに「今日は店、休み」と言われて赤面するはめになった。お店のドアに『木曜　定休』と書いてあるじゃないか。息が上がっているのを悟《さと》られたくなくて「そうだったんだ」となんでもない顔をして言う。

成田くんはあくびして、「でも今日は佐久間が来るってよ」と言う。

「見てく？」

「見てく、って何を？　それに、ほかのみんなは？」

「別に毎日上でやってるわけじゃないんだよ。昨日はおまえが来るって言ったから呼んだだけ」

そうか。みんなパソコンやスマホで作業するんだもんね。毎回集まる必要はない。

「ちょうどいい。おれ、部活に行くから佐久間来たら開けてよ」

成田くんは片手にスケッチブックを持ち、ぽいっとカギを投げた。嘘《うそ》でしょ、と声が口から出そうになる、けど。それ以上に気になったことをきくことにする。

「そっか。成田くん美術部だっけ」

「うん。ほぼユーレイだけど」

「ええ？　でも、この前表彰《ひょうしょう》されてたじゃない」

あの美しい花火の絵は、美術部で描《か》いたんじゃないの？

成田くんはとびきり嫌《いや》な顔をした。

「別に絵は部室じゃなくても描けるし」

成田くんは美術部が嫌《きら》いみたいだ。

「一年のとき、美術の時間に描いた絵、廊下《ろうか》に貼《は》られたじゃん。それ見た先輩《せんぱい》にモーレツに勧誘《かんゆう》受けてさ。『新たに美術部を開設するのにどうしても五人欲《ほ》しいんだ』って。だからいちおう入部はしてみたんだけど」

成田くんは顔をしかめる。

「中学の、センパイコーハイって文化、大嫌《だいきら》い。つーかセンパイ嫌い。絵なんて一人で描《か》けるのに、どうしてみんなといっしょじゃないといけないんだよ。生徒会はじめてからはあんまり行ってないけど、顧問《こもん》と親がうるさいから、生徒会と店がないときと、コンクール前は行く」

彼《かれ》は「顧問、ウザい」とぶつぶつつぶやきながら去っていった。成田くんは嫌いな人が多い。笹村先生に、顧問の先生、センパイ、それに、きっとおじさん。

昨日の彼の『潰《つぶ》れちゃえばいい』の意味について考えていると、前から大きな黒いバッグを持った女の子が歩いてきた。佐久間さんだ。

「あれ。西森さんだけ？　成田くんは？」

「部活に行ったよ」

思えば、佐久間さんと二人きりで話すのはこれがはじめてだ。ちょっと緊張《きんちょう》しながらカギを彼女《かのじょ》に差しだす。

「佐久間さん来たら開けて、って言われたんだ」と言うと、彼女はため息をついた。

「他人にカギを預けるなんて本当にもう……でも今日は、確かに私が無理を言ったのかも。ま、いいわ。カギ、開けてくれる？　荷物が重くて」

「あ、はい」

「ありがとう」

彼女《かのじょ》はさらっとお礼を言う。まるで大人みたいな言い方だ。高木さんとは違《ちが》った意味で緊張《きんちょう》する。ドアのカギ穴にカギをさした。

どうしよう。私帰ったほうがいいかな。

ドアを開ける。佐久間さんがあとに続いて、内側からカギを閉めた。

「成田くんが帰ってきたらインターホン鳴らしてもらいましょう。お父さんは今日出かけて遅《おそ》いって聞いたから、きっと鉢合《はちあ》わせたりはしないわ」

佐久間さんはスマホを取り出して成田くんにメッセージを打っている。なんとなく見ていると、佐久間さんがふいに言った。

「西森さんは、どうする?」

「わ、私は」

いちおうお客さんという設定の私がお休みの店内でモノをいじるわけにもいかない。どうしよう。そもそも、佐久間さんは何しに来たんだろう。成田くんは「見てく?」と言った。なら……見られて悪いことじゃないのかな。

それに、と思う。朝の高木さんの笑顔《えがお》が脳裏《のうり》をかすめる。

「あ、あの、佐久間さんといっしょにいてもいい？」

自分の希望を言うときの、このむずむずする感じにはまだ慣れない。

「いいけど」

佐久間さんはなんでもないことのように言ってから、慣れた足取りで二階へと上がった。


昨日と同じ成田くんの部屋で、佐久間さんはバッグを開けた。

「ここで私が何をするか聞いてないでしょ」

佐久間さんが半分決めつけるみたいな口調で言う。

バッグから出てきたのはカメラだった。黒い三脚《さんきゃく》、何に使うのかさえ分からない道具が次々と出てくる。

「うん」

「やっぱり。成田くんってヘンよね。生徒会ではじめて会ったけど、そのときから思ってた」

口で成田くんの愚痴《ぐち》を言いつつ、手はどんどんものを取り出している。大きなポーチに、膨《ふく》らんだビニールのショッパー。そこに描《えが》かれたうさぎを見て思う。なんだか手品みたいだ。

「自分勝手だし、夢中になるとまわりが見えない」

「確かに」

佐久間さんはさきほどのショッパーよりも小さな袋《ふくろ》を取り出す。そこから出てきたのは、赤茶色のウイッグだった。髪型《かみがた》はボブで、内巻きの曲線がきれいだ。彼女《かのじょ》は髪をまとめ、瞬《また》く間《ま》にそれをかぶる。そしていきなりセーラー服を脱《ぬ》ぎだした。目のやり場に困って、昨日姫野くんが座《すわ》っていた机のほうを見る。視界の隅《すみ》でショッパーから服が落ちるのが見えた。

いったい、何をするつもりなんだろう。

顔を上げると、佐久間さんが着替《きが》えおわるところだった。赤い薄手《うすで》のニットに、デニムのパンツ。今は大きなポーチを開いて化粧道具《けしょうどうぐ》を出している。

「でも、結局成田くんの言うとおりになっちゃうのよね」

ここ数日の出来事を思い返してみる。私を勧誘《かんゆう》したこと。笹村先生の説得の話（彼《かれ》は失敗と言ったけど）。私をリサイクルショップで働かせたこと。

確かに成田くんの言葉は誰《だれ》かの行動を変えている。きっと彼女もそうなんだろうな。

「さて、はじめるからそっちに行って。あと、撮影《さつえい》しているときはしゃべらないでほしいの」

「撮影……ってなんの？」

「動画配信。今流行《はや》ってるでしょ」

彼女《かのじょ》はアイシャドウのコンパクトをパチンと閉めた。改めて佐久間さんの顔を見ると、優等生っぽい中学生の面影《おもかげ》はなかった。大学生のお姉さんと言ったほうがしっくりくる。同一人物なのに、ここまでイメージが変わるんだ。

彼女は手際《てぎわ》よく撮影《さつえい》ボタンを押《お》す。いつの間にか手には大きなノートを持っていて、彼女はそれをパラリとめくる。そこには数式や文字の列が大きく書かれていた。

「はーい、じゃあ今日は、一次関数をやっていきまーす」

佐久間さんは明るく部屋じゅうに通る声でそう言って、口元に笑顔《えがお》を作った。昨日淡々《たんたん》と高木さんに指摘《してき》を繰《く》り返《かえ》していた彼女と同一人物とは思えない。

彼女は一次関数がどういうものかをノートを使って説明し、実際に問題も出した。彼女の「撮影」はどうやら勉強を教える動画を作るということらしい。ボタンを押した瞬間《しゅんかん》からすらすらと内容を説明していく佐久間さんに私はずっと目を奪《うば》われていた。口調もはきはきとしていて、本物の先生みたいだ。

三十分くらい経《た》ったところで彼女はボタンを再度押した。録画終了《ろくがしゅうりょう》の音が部屋に響《ひび》く。

「録《と》れてるかな」

彼女は即座《そくざ》にカメラを手に取り、動画の再生をはじめた。

「うん、よさそう」

「佐久間さん、塾《じゅく》の先生でもやっているの？」

彼女《かのじょ》はこちらを見て、くすっと笑った。

「塾の先生なんてできないよ。中学生だよ、私たち。これは動画配信サービスにアップロードする動画」

「これでお金をもらってるの？」

「うん。でも、これは本当に少しだけ。本業は偲与華《しよか》と同じく記事執筆《きじしっぴつ》とか、モニターとか、そういうの」

佐久間さんは、動画に広告をつけると再生数に応じて広告料が入る仕組みなんだと説明した。でもそれは本当にわずかな収入で、この集まりに貢献《こうけん》できるものではないとも。

「効率が悪いんだよね、動画は。録《と》るのも編集も大変だし、平日は夕方お母さんが帰ってきちゃうから撮影《さつえい》できないし」

「なのにどうして？」

なにげなくきくと、彼女はだまった。何か気に障《さわ》ることを言ったかな、と心配になる。でもすぐに佐久間さんはこちらを向いた。

「これが私の、やりたいことなの」

ほおが紅潮し、緊張《きんちょう》した顔つきだった。

「やりたいこと……って、文化祭のことじゃなくて？」

「あのね西森さん。私この集まりに参加してるけど、正直文化祭なんてどうでもいいの」

その言い方があまりにもさっぱりしていてびっくりする。私だって文化祭自体にはそんなに乗り気ではなかったけど。

「文化祭、どうでもいいの？　じゃあなんでここに？」

「成田くんが、撮影場所《さつえいばしょ》を提供してくれるって言ったから」

佐久間さんはきっぱりと言う。

「それが取引の条件だったの、私の場合」

「動画撮影が、やりたいこと……」

私にはぴんとこなかった。そもそも顔を出して動画を公開するなんてこと、考えただけでも胃が痛くなりそうだ。

「詳《くわ》しくきいてもいい？」

「もちろん。仲間なんだから。西森さんは慎重《しんちょう》だね。偲与華なんか最初から『なんで？　なんで?』ってきいてきたよ。オトナなんだね」

「そ、そうかな」

仲間という言葉にふわっと気持ちが温かくなる。

ウイッグをとった佐久間さんは髪《かみ》をていねいにかきあげ、髪の束を耳にかけた。彼女《かのじょ》のほうがよほどオトナっぽい。

「私、昔はジュニアモデルやってたんだ、これでも」

ジュニアモデル。私には縁遠《えんどお》い言葉だ。佐久間さんが「これでも」と言ったのは、ふだんの姿からは想像できないでしょ、という意味なんだろうけど、今目の前にいる彼女を見ると自然とうなずける。

「とても楽しかった。でも親はあまり乗り気じゃなかったんだよね。スカウトされて押《お》し切《き》られて、って感じだったたし。スカウトっていっても小さい事務所だったけど」

佐久間さんの顔は確かに整っているし、しぐさの一つ一つがさまになっている。顔はともかく、しぐさはそのときの経験からくるものなのだろうか。

「カメラの前に立つと、自分がまるで違《ちが》う人になったみたいでね。服も、メイクも、髪型も、ふだんの自分とはまったく違うものが用意されるの。そして役柄《やくがら》もちゃんと指定される。小さいときお人形さん遊びするじゃない。あれを自分でやっている感じがして楽しかったな」

そのころを思い返してか、佐久間さんは目を細める。

「でもね、本当にそれは一時期の話。うちの父親は銀行員で、娘《むすめ》にもまっとうな道を選んでほしかったんだろうね。いつの間にか仕事の予定はなくなってた。六年生からは塾《じゅく》に通わされたし。いい大学に入らないと、がお母さんの口癖《くちぐせ》なの」

ふだんの彼女《かのじょ》は誰《だれ》から見ても模範生《もはんせい》だろう。お父さんやお母さんの期待どおりに育ったように見える。

「お母さんね、『私の若いころは、就職氷河期で大変だった』ってよく言うんだ。だから娘にはできるだけ苦労させたくないんだと思う。でもね」

佐久間さんは目を閉じた。

「私はきっと、演じるのが好きなんだ。カメラの前で違《ちが》う自分を演じつづけてみたい。あの感覚を忘れられない。ね、親不孝者でしょ」

そんなことをあっさりと言う。私はたじろぐ。

「親の言うことはもっともだし正しい。でも親の言うとおりにするのも私がかわいそうだって思ったんだよ」

私が、かわいそう……。

「だって私の人生は私のものだからね。それに私の感覚は誰《だれ》にも否定できない。そう感じちゃうんだから仕方ないよ」

そう感じちゃうなら仕方ない、か。今まで考えたこともなかった。でも、その言葉は気づけばだんだんと胸の中に入ってきた。

「だから、そのために今できることをしようと思って」

「それが先生になりきることなの？」

「うーん。それは一部。今日は先生だったけど、明日はスタイリストかも」

彼女《かのじょ》はいたずらっぽく笑った。

「勉強教える動画は視聴数《しちょうすう》が伸《の》びるんだ。学校の勉強の予習復習も兼《か》ねればオトクでしょ？　あとメイク動画も伸びる。私ができることの中で、人気ジャンルはとりあえずチャレンジするんだ。有名にもなりたいし。そしたら企業《きぎょう》に声、かけてもらえるかもしれないんだよ？　キャラの幅《はば》も広がるし、お金も手に入れられる。そしたら親にこの道で生きていきたいって交渉《こうしょう》する。……なんて」

彼女は舌を出した。昨日高木さんがしたみたいに。

「夢の話。ほんとに。演じるっていっても、またモデルをやりたいのか、役者をやりたいのかは分からない。やりたいことがぼんやりしてることは分かってる。とりあえず高校は演劇部があるところにするつもり」

そこで彼女《かのじょ》は一度だまって、うん、とうなずく。

「まあ、さっきは文化祭なんてどうでもいいって言ったけど、完全に無関心なわけではないよ。成田くんには……共感してるっていうのかな。だから仕事はちゃんとするつもり。はい、私の話終わり」

最後は早口でそう言って、佐久間さんは機材を片づけはじめた。機材の次は佐久間さん自身。脱《ぬ》いだパンツをていねいにたたんでいる。そこでやっと、私はちゃんと返事をしようと決意する。

「佐久間さん」

「何?」

「私、ここに来てよかったのかよく分からなかったんだけど……でも、今はよかった、って思える。まだ二日目だけど。いろいろ話してくれて本当にありがとう」

全部本当の気持ちだったけど、おおげさかも、と思った。案の定、佐久間さんはきょとんとした顔だ。私はあわてて取りつくろう。

「ああ、ええと、ごめんなさい。なんか、重くて」

それには答えず、佐久間さんはすかさず私にたずねた。

「西森さんって下の名前、杏だっけ」

「う、うん」

「杏って呼んでもいい？」

「え？　いいよ」

「じゃ、私のことは加奈でお願い。仲間になったんだしね」

彼女《かのじょ》はとびきりの笑顔《えがお》でそう言って、着替《きが》えに戻《もど》る。

何度か口の動きだけで「加奈」とつぶやいてみる。呼び捨ては慣れないけれど、とても大事なものを手に入れた気がしてうれしかった。そして自分がここにいることが、なんだか誇《ほこ》らしかった。

お買い得コーナー

「え、二人ともいつの間に呼び捨てしてんの！」

高木さんの声が成田くんの部屋に響《ひび》く。ベッドに寝転《ねころ》んだ成田くんはうるさそうに顔をしかめた。

ノートパソコンの前に座《すわ》った加奈（やっぱり呼び捨ては慣れない）はすました顔で「さあね。杏にきいて」と言う。高木さんの矛先《ほこさき》は私に向く。

「なんかずるい！　うちも杏って呼ぶ」

「ど、どうぞ」

「杏も偲与華《しょか》って呼ぶんだよ？」

「は、はい」

「ならよし」

偲与華……は満足した顔でノートパソコンに向き直った。

「休憩《きゅうけい》くらい静かにさせてくれよ」

成田くんがぶつぶつと文句を言う。

五月も終わりにさしかかり、今日はリサイクルショップの手伝いに来て五度目の日。私もだんだん「お手伝い」に慣れてきて、今日は家電コーナーの整理をやるつもりでいる。さきほどおじさんが近所に出張買い取りに行くというので、その間の二、三十分ほど休み時間をもらった。そして、ちょうどほかのみんなも成田くんの部屋に集まっている。今日は「定期報告」の日だからだ。

「でも、偲与華。あんた杏のことクラスでも呼び捨てするの？　それ、無理があるんじゃない？」

「は？　なんで？」

「どうせあんたたち教室では別グループでしょ。はたから見たらすごくヘンじゃない。金沢さんは見過ごさないよね、そういうの」

「う」

「成田くんと帰ってるとこ、金沢さんに見られて何度もしつこくきかれたんでしょ。だから成田くんのこと好きって感じでごまかしてるんでしょ」

「ごまかしてるというかー、あれは勝手にあいつがそれで納得《なっとく》したっていうかー。でも、そうか。杏のことバレたらなんて言い訳しよ……」

偲与華は頭をかかえた。なんだか浮気《うわき》している人みたいな言い方だ。

「そんなグループ抜《ぬ》けちゃえばいいのに」

加奈の言葉に、偲与華はむっときた様子だ。突如《とつじょ》訪《おとず》れた不穏《ふおん》な空気に、私はどきりとする。

「なんでそんなこと言うの」

「誰《だれ》かと仲よくするのに、別の誰かに報告する必要があるのってヘンじゃない？」

「それは、いろいろあるんだよ。加奈には分かんないかもしんないけど」

「でも、友達の趣味《しゅみ》を笑い飛ばすのって、本当に友達なのかな？　偲与華、金沢さんたちの前で本の話題、もう出せないでしょ」

「それは、うちのキャラに合わないからだし……」

「キャラって何？　そんなの必要？　読書ってそんな恥《は》ずかしい趣味なの？」

「おまえらホントうるさい！」

成田くんがベッドに立って、二人に食ってかかった。

「おれは寝不足《ねぶそく》なんだ」

「あら、どうして?」

水をさされた加奈が成田くんを冷たい目で見た。

「夜に絵描《えか》いてたんだ。どうでもいいだろ」

「そうよね、校長先生に期待されてるんだものね。すてきな絵で賞を獲《と》って」

「好きで獲ったんじゃない。そもそもあの絵は完成してないのに勝手にコンクールに出されたんだ。まだいろいろ……悩《なや》んでたのに」

驚《おどろ》いた。あの美しく調和のとれた絵が、完成していなかったなんて。

「あーもーいいよ。どうせ寝られないなら定期報告、今しよう、今」

成田くんはぷんぷん怒《おこ》って、机のほうに移動する。成田くんの足元のキャンバスを見ると、何かの絵の下書きが見えた。

成田くんが姫野くんの使っている机の引き出しを引いた。そして計算式の書かれた紙を出す。

「五月の収入。週四で店手伝って三万九千円」

おお、とさっきまでむくれていた偲与華が感嘆《かんたん》の声を出す。

「すっごいじゃん、成田。先月より大幅《おおはば》アップ」

「おやじがなんだかんだ忙《いそが》しくなってきたし、まじめにやって信頼《しんらい》も得たから」

「親から得る信頼ってなんだよ、今まで警戒《けいかい》されてたってこと?」

偲与華が笑う。成田くんは不機嫌《ふきげん》そうな顔でそっぽを向いた。加奈が成田くんの金額をメモ帳に記し、口を開く。

「じゃあ次。私。三万九百二十円」

「え、加奈も二倍以上になってる……」

「一文字一円の仕事取れたからね。先月より全然楽。動画収入はほんのちょっとだけど」

ちんぷんかんぷんな私に、加奈が「ああいう記事はね、四文字で一円とかザラなんだ。一記事四千字だとしても、それだと千円にしかならない」と教えてくれる。隣《となり》で偲与華がため息をつく。

「うちが応募《おうぼ》してダメだったやつだよね……うちは一万五千四百円」

「ふうん。二十パーセントの手数料と消費税分を考えないとすると…… 一万七千五百円か。じゃあ二文字一円で三万五千字書いたのね。字数は私といっしょだね」

加奈がメモを取りながら計算する。同じ字数を書いたのに、そんなにも差がつくのか。

姫野くんがおずおずと手を挙げる。

「あの、ぼく……二千二百九十六円です、今月」

私以外の三人が顔を上げた。

「ええっ、おまえポイントサイトじゃ月千円が上限って言ってなかったか?」

成田くんがきく。姫野くんは照れたように笑った。

「うん。上限が千円じゃ、役に立ったとは言えないなと思って。だから内職、はじめたんだ。お母さん名義でだけど。今回は少なめだけど、来月からはもうちょっといくと思う」

「すごいじゃん」

成田くんが姫野くんをほめる。成田くんが誰《だれ》かをほめるところ、はじめて見たかも。姫野くんはうれしそうだ。

「ぼく、みんなみたいに学校行ってないから……なのにみんなより全然稼《かせ》げなくて、申し訳ない」

学校に行っていない。私はまじまじと姫野くんを見てしまう。

不登校、というやつだろうか。そういう子がいるのは知っていたけど、知り合いの子でははじめてだった。というか成田くんは不登校の子に文化祭のお金を集める手伝いをさせているのか。

「でも、無理しちゃダメだよ、姫野。成田につき合って生活壊《こわ》されないようにね?」

偲与華が注意する。姫野くんは笑いながら首を振《ふ》った。

「ぼく、ただ引きこもってたときより楽しい。金額が増えるたびに、『ぼくにも何かできるんだ』って思うんだ。世間的には本当はもっと別のこと、するべきなのかもしれないけどね」

姫野くんは肩《かた》をすくめた。加奈が金額をノートに書く音が響《ひび》く。

「オッケー、メモしたよ。でも姫野くん、無理はしないで。お母さんにも心配かけないようにね」

「大丈夫《だいじょうぶ》だよ。ちゃんと寝《ね》てるしごはんも食べてる。お母さんは、むしろ『最近元気になった』ってうれしそう」

加奈が「ならいいわ」と言って私を見る。

「次、杏、だけど」

「ええと……」

定期報告をする、という連絡《れんらく》は来ていたから、何をするのかは知っていた。自分の収入をまとめてこい、とも言われていた。でも私の場合、なかなか難しい。

「化粧箱《けしょうばこ》と、ティーカップが二つ、です」

偲与華が笑う。

「なんかロマンチック」

「金額に換算《かんさん》するといくらくらいなの？」

加奈がシャーペンの芯《しん》をカチカチさせて言う。

「だいたい五千六百円くらい、かな」

昨日、お母さんのパソコンを借りて一生懸命《いっしょうけんめい》調べた。セットの値段を知るのは簡単だったけど、その中古品で箱とティーカップ二つぶん、となると、値段がどんなふうにつくのか想像がつかなかった。フリマサイトで同じセットの中古品を見つけ、値段を食器の数で割ってみたらその数字になった。

「ちょっと自信ないけど」

「うん、分かった」

事情を知っている加奈がさらっと流す。

「というわけで、五人合わせて九万三千二百十六円になりました」

加奈は筆算が速い。金額が伝わると、みんながわっと騒《さわ》ぎだした。

「すごいね。月目標の八万四千円を超《こ》えた！」

姫野くんがイスから立つ。

「え、やったあ！　この調子で増えてけば、マジで百万いけるんじゃない？」

偲与華も成田くんの背中をばしばしたたいている。成田くんもそれには迷惑《めいわく》そうにしつつ、うん、とうなずく。

「メンバー増えたしな」

「おうい」

下からおじさんの声が聞こえる。帰ってきたらしい。

「結局寝《ね》られなかったな」

成田くんがベッドから下りて部屋を出ていく。私もそのあとに続いた。

「いってらっしゃい」と三人の声が聞こえた。


家電コーナーの整理整頓《せいりせいとん》。今日はここに手をつけようと思うんだけど、私はうーんとうなった。冷蔵庫や洗濯機《せんたくき》は動かしようがないし、ポップや値段はすでに見やすく貼《は》られている。棚《たな》にのった家電たちもしっかりジャンルで分けられているし、この前みたいに高い棚に置かれているわけじゃないから、見にくいってこともない。

入り口のドアが音を立てたので、そっとそちらを見る。大学生っぽい男の人が二人。お客さんだ。

私は食器のコーナーに回りこみ、食器を見ているふりをする。ここにいれば、どのエリアにも楽に行けるからだ。もしお客さんが食器を見たそうなときはおもちゃコーナーに移動する。二人組は家電コーナーのあたりで足を止めた。

「あ、あるじゃん炊飯器《すいはんき》」

「本当に必要かー？」

「必要だろ。おまえ節約節約って言うけど、ごはんのパックを電子レンジでチンするよりここで炊飯器買ったほうが節約になるよ」

「確かにそうだけど。でもさリサイクルショップってあんまり……」

どきどきしながら聞き耳を立てる。

「いや、でも案外きれいなもんだよ。ほら」

二人が家電製品たちを眺《なが》める。

「埃《ほこり》もないし、きれいに並べられてる。ちゃんと管理してるとこはしてるもんだよ」

「まあ、確かに」

そのやりとりだけでうれしくなる。私はすっかりリサイクルショップナガネを好きになっていた。

彼《かれ》らは何度か話し合って、結局いちばん安い炊飯器を買うことにしたらしい。炊飯器をかかえた男の人が「あ」と言った。

「米炊《た》くならしゃもじと、冷凍用《れいとうよう》のプラスチック容器が欲《ほ》しいな」

「じゃ、あとで百均行こうぜ」

そこで私はもどかしい気持ちになる。しゃもじも、プラスチック容器も雑貨コーナーにあるのに。しかも新品で百円より安い。前に雑貨屋さんがまとめて売りに来たものだ。でも彼《かれ》らはそれに気づかず、レジに向かった。

「ありがとうございました」とおじさんの声が聞こえる。彼らがドアの外に出たのを確認《かくにん》し、私は家電コーナーに戻《もど》った。

そうか。今まで家になかったものを買う人は、それを使うための道具や雑貨が必要になる。そう考えると、売り場ががらりと違《ちが》って見えた。電子レンジの近くには耐熱容器《たいねつようき》を置いたらいいかもしれない。洗濯機《せんたくき》のわきには折《お》り畳《たた》みの洗濯物スタンドを置いてみよう。ごちゃごちゃせず、じゃまにならない範囲《はんい》で。

「ああ、抱《だ》き合《あ》わせ購入《こうにゅう》を狙《ねら》うのはいいね」

試《ため》しに炊飯器《すいはんき》の横にプラスチック容器を置いてみると、おじさんが言った。

「確かに、家電ではあんまり意識したことなかったな」

「さっき、お客さんが雑貨コーナーを見てくれなかったのが悔《くや》しくて……」

おじさんは手足がボロボロのクマのぬいぐるみをちくちくやっている。一昨日《おととい》、和菓子屋《わがしや》のおじいさんがお店に来てリメイクを頼《たの》んだものだ。おじいさんは「手芸が趣味《しゅみ》だった妻が最後に作ったものでね。昨日、ちょっと目を離《はな》した隙《すき》に犬がじゃれてボロボロにしちまった。このままじゃかわいそうだし、おれは菓子《かし》ばかり作って、ほかのことはからっきしでさ」と言って、レジにぬいぐるみを置いた。「頼んでもいいかい?」おじさんはすぐさま引き受けた。

おじさんはぬいぐるみに服を着せることでボロボロの胴体《どうたい》を隠《かく》し、胴体の比較的《ひかくてき》きれいな布を手足に移植することにしたらしい。赤いワンピースを着たクマの顔は、この前見たときよりいきいきとしているように見える。布同士をぬい合わせる手はゆるめず、おじさんは口を開く。

「そうそう、そういうことなんだ」

「え?」

「そういうのを考えることが、こういう店にとっては大事なんだ。助かるよ」

おじさんは売れた炊飯器《すいはんき》があったスペースを眺《なが》めた。

「ぼく、毎日掃除《そうじ》だけはしているけれど、それは『埃《ほこり》をなくすこと』にしか注力してないってことだ。最近忙《いそが》しくてね、細かいことに気がつけない。商品を売る仕事は商品にどれだけ気が遣《つか》えるかがカギになってくるのに」

おじさんはぬいぐるみをくるっと回転させ、じっと見た。

「だから西森さんが売る側だけじゃなく、お客さんの視点で商品を見てくれる、っていうのはとてもありがたいよ。立場によって見方も考え方も違《ちが》うわけだから」

立場によって、考え方は違う。

「そう、ですか」

「うん。賢人にもそろそろそういうことを学んでほしいんだけど」

おじさんはため息をつく。成田くんは今外で新しく入った冷蔵庫の掃除《そうじ》をしている。

「西森さんたちは仲よくしてくれているみたいだけど、あいつはどうも何かに夢中になるとそれ以外に気を遣《つか》えなくなるみたいなんだ」

知っていますとは言えないので、そうなんですねとあいづちを打つ。

「思いこみが激しいし、こだわりも強い。本当にまいる。……この店をはじめた直後、あいつ商品を壊《こわ》しまくったことがあったんだよ」

ええっ。店のドアのほうを見る。成田くんの姿はここからじゃ見えない。

「あいつが小学五年生のときだったかな。そのときは奥《おく》さんと離婚《りこん》したあとでさ」

賢人はこの店がなくなれば母親が戻《もど》ってくると思ったのかもしれない、とおじさんは続けた。

「しばらくして、そういうことはなくなっていったけど。それからは、絵にね、ああ昔奥さんが教えてたんだけど……さらにのめりこむようになっちゃって。それはそれでいいかとも思ってたんだけど、数か月前、あいつが『店を手伝いたい』って言ったときは驚《おどろ》いたし、警戒《けいかい》したなー」

はっはっはとおじさんは笑う。私は成田くんが『潰《つぶ》れちゃえばいい』と言ったことを思い出して下を向く。

「今度は何をたくらんでいるのやら。でもとりあえずはやらせてみてるよ。できるだけちゃんと見守ってやらないとな、父親だもん。まあこの前も部活やめて働く時間増やしたいなんて言うから、けんかして泣かせちゃったんだけど。……そのときあいつ売り物のグラスを落として割っちゃってさ、それですごい怒《おこ》っちゃったんだよな。さっさと掃除《そうじ》して捨ててこい、って」

「反省」とおじさんは言う。私は「あ」と思いいたる。

「どうしたの?」

「いいえ……」

私と成田くんがはじめて商店街で会った日。あのとき彼《かれ》は泣いていたけど、それはそういうことだったのか。おじさんは明るい声で続ける。

「それにあいつにもいいところはあるんだ。猪突猛進《ちょとつもうしん》ってのは一途《いちず》ってことだ。向かう方向がよければ、それはとってもいいことだ。絵は実際、すごくいい……って長々とこんな話ごめんよ。

でも父親として友達の存在はとてもありがたいから、あいつが自分勝手なこと、弁解させてほしかったんだ。これからも仲よくしてやってよ。あ、でもあいつが嫌《いや》なことしてきたら十発くらいやっちゃっていいから」

おじさんはボクシングをやるみたいに両手のこぶしを顔の前に置いた。そのしぐさがおかしくてつい笑ってしまう。でもそれだけじゃダメだ、と思って深く息を吸った。

「成田くんには、とても感謝してます」

事実だったから、ちゃんと言いたかった。おじさんは驚《おどろ》いたような顔をしたあと、うれしそうに、そして安心したように笑った。

「おやじ、買い取りの相談だってー」

通りから成田くんの声が聞こえ、おじさんは「はいはい」とドアの外に出ていった。

その日の帰り道。加奈は塾《じゅく》があるからと駅のほうにはやばやと歩いていった。残された私、偲与華、姫野くんの三人はいっしょに商店街を歩く。

「今月、金額すごかったねー。杏も後半からなのに五千円も稼《かせ》いだし。大活躍《だいかつやく》」

「そ、そうかな」

「ほんと、羨《うらや》ましい。ぼくも肉体労働しようかなあ」

姫野くんは笑っている。そういえば、姫野くんとこうして話すのははじめてかもしれない。

「いや、姫野は無理しないでいいよ」

偲与華がフォローするように言う。

「むしろ、がんばんなきゃなのは、うち」

「どうして？　高木さんも金額的には悪くないのに」

「ううん、最近さあ……うまく集中できないんだよね」

彼女《かのじょ》は立ち止まった。

「本のレビュー、めっちゃ楽しい。新しい本を読むのも好き。なのにたまに『うちがこんなこと、ヘンかも』って思うんだ」

「さっき言ってた、グループがどうとか、って話？」

姫野くんの言葉に、偲与華はうん、とうなずく。

「キャラじゃないんだよね、うちの。たぶん、杏とからむのもキャラじゃない」

さっきの加奈の言葉を思い出しているのか、偲与華はまゆを寄せた。私の胸もきゅっとする。

「前から、加奈にはああいうこと言われててさ。うちも流されるだけじゃなくて、グループ内でちゃんと自分の意見？　言うようにがんばってるんだけど。でもやっぱり、怖《こわ》くて」

そういえば偲与華、この前教室で文化祭の話してたとき、金沢さんに反論してた。あれはがんばってたんだ。

「うち、ここに来たの……『そういうキャラ』じゃないとヘンに思われるっていうのに嫌気《いやけ》がさしてたからなんだ。金沢とか、まわりの大人に決めつけられるの、本当にキライなのに」

なのに空気読まないって思われるのが、今も全然嫌。ため息をつきながら、偲与華はつぶやいた。

なるほどな、と姫野くんがうなずく。

「ぼくもクラスで空気を読まなかったからばかにされたんだろうなって思うし、高木さんの気持ちは分かるよ」

「あ、ごめん」

偲与華は気まずそうな顔をした。

「ううん、大丈夫《だいじょうぶ》」

姫野くんは微笑《ほほえ》む。

「ぼくの場合は……学級委員の投票で女子に票を入れたとか、男なのにサッカーが好きじゃないとか、そういう理由でからかわれてた。最初は笑ってごまかしてたんだけど、だんだん嫌になっちゃって」

姫野くんはにこにこして、ゆったりとそう言った。偲与華はだまっている。

「ぼくが休みがちになったとき、先生たちはよく分かってなかったみたいで、とまどって何回も家に来た。それで『あんなに楽しそうだったのにいきなりどうしたの』って言うんだ。それでいろいろめんどうになっちゃった。なんだか学校全体に『空気読めてない』って言われたみたいでさ」

私も偲与華も何かを言おうとするけれど、何も言えない。姫野くんは苦笑いして手を振《ふ》った。

「いいよいいよ」っていうふうに。「あのさ、ちょっと話変わっちゃうのかもしれないけど」彼《かれ》は続ける。

「空気読むとか読まないとかさ……そういうの気にしないとこ、ほんと賢くんのいいところだなって思うんだよね、昔から。自分の希望は全部言うし。清々《すがすが》しくて気持ちいい。絵もうまいし」

「あれはまた違《ちが》う人種じゃない？」

偲与華がほっとした顔つきになって言う。

「そうかなー、西森さんはどう思う？」

姫野くんに見つめられてしまう。ええ、どうって……。成田くんの顔とおじさんの顔、そして最後にあの花火の絵がふわりと浮《う》かぶ。

「んー……私はああなれない、から、いろいろ羨《うらや》ましいなって思う」

姫野くんと偲与華は顔を見合わせて笑った。

「ザ・いい子な杏があいつを羨ましいとか、めっちゃ嫌味《いやみ》に聞こえる」

「えっ違《ちが》うよ」

からからと笑う偲与華に安心した。さっきより、明るい雰囲気《ふんいき》になったところで解散になった。


じわじわと蒸《む》し暑《あつ》くなってきた、六月のこと。

「買い取りの相談なんですけど」

いつもみたいにお店で商品を見ていると、入り口で上品なおばさんがレジのおじさんに声をかけていた。

「はい、どうぞ」

「運ぶの、お手伝いしてもらってもいいかしら」

店の外には赤いコンパクトカーが停《と》まっている。二人は車から段ボール箱をいくつか店内に運びこんだ。私はぬいぐるみ売り場で商品を眺《なが》めているふりをしながら、二人のやりとりを聞いていた。

「これなら買い取れますよ。電源も入りますしね」

「ああ、よかった。もう何年も触《さわ》ってなかったから。この前大掃除《おおそうじ》をして、思い切って処分しようって思ったの」

「それにしても、けっこうな量、ありますねえ」

こっそり盗《ぬす》み見《み》ると、おじさんは段ボール箱からコードのようなものを何本かすくっていた。箱には「ＬＥＤ電飾《でんしょく》」と書いてある。おばさんがにこっと笑う。

「もう十何年も前の話だけど、こちらに引《ひ》っ越《こ》してきた当時はまわりが若い夫婦《ふうふ》や幼いお子さんばかりでね。うちにも子供がいたから、ある冬に思い切ってイルミネーション、飾《かざ》ってみたんですよ。木に飾りつけしたり、屋根から地面に垂らしてクリスマスツリーを作ってみたり。そしたらねえ、うちの子供がとても喜んで。近所でもきれいって評判だったのよ。それから凝《こ》るようになっちゃって」

どんどん増えちゃったの、とおばさんは語った。

「でもね、大学進学で子供は出ていったし、私たち夫婦《ふうふ》も飾るのが体力的にきつくてねえ。数年前にやめちゃったんだけど、なんとなく捨てづらくて」

「そうだったんですね」

「ええ。愛着はあるけど、スペースも取るしねえ」

おばさんは段ボール箱を名残惜《なごりお》しげになでた。

「次の持ち主も、大事に使ってくれたらいいんだけど」

お金のやりとりのあと、彼女《かのじょ》はそう言い残して帰っていった。

おじさんはレジに積み重なった段ボール箱を見て、腕組《うでぐ》みをしている。

「いっぱいありますね。置き場所、どうしましょう」

私がそう言うと、おじさんは「そうだねえ」と首をひねった。

「お買い得コーナーかな」

「ええっ」

『お買い得コーナー』とは、お店の中の一区画を占《し》める『なかなか売れない物コーナー』だ。

「買い取ったばかりなのに？　そんなにボロボロなんですか？」

「ううん。きちんと手入れされてるし、いいものだ」

おじさんは段ボール箱に手を置く。

「でも、ここじゃ売るのは難しいだろうな」

お買い得コーナーには、草刈り機《くさかりき》や雪かき、値段が高めのイス（いちおう、値下げはされているんだけど）がある。

「長根はねえ、ファミリー層、っていうのかな。若い夫婦《ふうふ》と子供の世帯がどんどん減っているんだよねえ。ただ近くに大学があるから、一人暮らしの若者は増えていて、そういう人たちはここを利用してくれているんだけど」

この前の炊飯器《すいはんき》を買ってくれた学生さんもそうだね、とおじさんは言う。

「ファミリー世帯が買うものと、一人暮らしの若者が買うものは違《ちが》うんだよね」

確かにアパートに住んでいる人は草刈り機や雪かきは買わないよね。イルミネーションだってそうだろう。

「使えるのに、役割を果たせないっていうのはかわいそうだ。仕方ないんだけど」

私は電飾《でんしょく》がぎっしり入った段ボール箱をのぞいた。あのおばさんが話をしているときの顔を思い出すと、なんだか胸が痛む。みんなを楽しませたこのイルミネーションたちはお買い得コーナーでずっと眠《ねむ》ることになってしまうのだろうか。

なんとかしてあげたい。

「じゃ、今日のお手伝いはおしまい。上がっていいよ」

でも、おじさんがそう言ってくれるまで考えても何も思いつかなかった。


帰り道もそのことで頭がいっぱいだった。おじさんは「モノは何度だって使えるようになる」とつねづね言っていて、その言葉のとおりになんでも直してしまうし、売り物にしてしまう。そのおじさんが「仕方ない」と言ったのがなんだか悔《くや》しくて、悲しかった。


家に帰ると、明かりがついている。あれ、お母さん早い日だったか。お店でもらってきたものはないからほっとする。帰りが遅《おく》れた理由は『友達の家で遊んでいた』でいいかな……。そう思いながらドアを五センチほど開けたときだった。

玄関《げんかん》に大声が響《ひび》いた。

「杏の幸せ、本当に考えてる？　あなたは、お金とか塾《じゅく》とか、そればっかり」

どきどきしながら、ゆっくりと中に入る。リビングをのぞくと、スマホを片耳に当て、まゆを吊《つ》り上《あ》げたお母さんが指先でこつこつとテーブルをたたいている。

「杏はまだ中学生なの。子供なの。私たち親が、判断を間違《まちが》えちゃいけないでしょ。杏にとって何が幸せなのか、どこに住むのが幸せなのか。あのね、お金のことは大丈夫《だいじょうぶ》だから……大学だってなんとか……」

諭《さと》すような声だけど、いらだちが含《ふく》まれている。突《つ》き放《はな》すような冷たい言い方。私はお母さんの「杏は考えなくていい。これがいちばんいいの」って言葉を思い出してしまう。

「だから、杏のことは大丈夫。心配されなくてもうまくやっていけるから。私ががんばるから」

聞いていられなくて、私は階段を上った。

ベッドで寝転《ねころ》んでいると、しばらくしてお母さんが階段を上ってくる音がした。

「杏、帰ってたのね」

さっきとは打って変わって穏《おだ》やかな口調だった。

「うん。お母さん忙《いそが》しそうだったから。仕事の電話？」

「……うん。そう」

ほっとしているのか少しだけ明るい調子が戻《もど》ったけれど、声が疲《つか》れ果《は》てている。

「お疲れさま。ごはん作ろう！」

そう言ってドアを開ける。にっこりと微笑《ほほえ》むと、お母さんも笑った。お母さんの後ろを歩いて、階段を下りる。お母さんは何も言わない。

晩ごはんを食べて、また部屋にこもる。ふと目を閉じて、指を振《ふ》ってみる。そうすると、あっというまにキラキラした硬貨《こうか》が頭上から降り注いだ。私はそれを数えてみる。五千六百円。指をもう一振り、二振り。わきだすお金。こうすれば誰《だれ》も困らない。

目を開ける。そこには、古びた家の暗い部屋しかない。美しく飾《かざ》られた街も、使いこんだほうきも、たやすく生みだしたお金もない。むなしい気持ちのまま、指先はノートを求める。けれど、なにげなく食器セットの引き出しを開けてしまった。箱の空白がやけに目立って見える。食器がすべてそろうなんてこと、今は信じられなかった。

だって私は、どうしようもなく子供だ。

大人はおれたちをナメてる。

成田くんの言葉がなぜか突然《とつぜん》頭に響《ひび》いた。

でも成田くん。大人はいろいろ大変で、そこを子供に見せまいとしているだけなのかもしれないよ。

彼《かれ》にそう答える。一階からはもう何も聞こえない。静かすぎるほどだった。

気ィ遣《つか》いすぎ。

また成田くんの声。

しょうがないよ、だってみんな私のためを考えて苦労してるんだもん。私なんかが口を出していいことじゃないよ。

息がつまらない？

私はだまる。否定をすれば嘘《うそ》になるって、もう知っていたから。

話し合い

「はい、今月の定期報告、はじめ」

夏服に切《き》り替《か》わり、半そでのセーラー服から細い腕《うで》をのぞかせた加奈が言った。メンバーたちも一か月前と同じく、自分の売り上げを報告する。加奈がとりまとめ、計算する。

「結果。十万七千八十円」

「ええっすっご！　また増えた！」

偲与華《しょか》が目をキラキラさせて言う。「うちも文字数増えたし、姫野も内職してるし、西森……杏もがんばったもんね」

偲与華は結局、クラスでは私を「西森」と呼んでいる。

「額が大きくなってきたわ。そろそろ現金の管理、大変よね？」

加奈が首をかしげる。私は食器セットをあとで売るつもりだからお金は触《さわ》っていないけど、ほかの子たちは報告会のあとに現金を持ってきてまとめている。

「そうかな」と成田くんが言って、机の引き出しを開ける。輪ゴムでまとめられた封筒《ふうとう》が二枚出てくる。

「とりあえず十万単位でしまってはあるんだけど」

「えーっ、そこにしまってたの？　あぶなっ！」

偲与華が成田くんの封筒から中身を引っぱりだす。二人の手にずらっと一万円札が並ぶ。

「うわー……こんな数の諭吉《ゆきち》見たことないよ」

「どこか銀行に預けましょうか。誰《だれ》か余ってる口座とかない？」

そのときだった。突然《とつぜん》、部屋のドアが開いた。

「賢人。ごめん、荷物運ぶの手伝ってくれ」

成田くんが封筒を背中に隠《かく》したけど遅《おそ》かった。

「おい賢人……今のお金、なんだ？　俺《おれ》がおまえに渡《わた》したぶんよりずいぶんあったよな？」

おじさんの冷たい声が響《ひび》いた。

「はあ……」

成田くんと加奈の説明を聞いて、おじさんは苦い顔をした。

「おまえたち、そんなことしてたのか……勉強会は嘘《うそ》か」

その顔を見ていると胸が痛んだ。みんな同じだったのか、重い静寂《せいじゃく》があたりを包む。

「ちゃんと自分たちで稼《かせ》いだ金だよ、悪いかよ」

成田くんだけが悪態をつく。おじさんが彼《かれ》をぎろっとにらむ。

「悪い！　おまえのことは社会勉強だと思ってたけど……ほかの子も巻きこんでいたなんて」

「おれ単体はいいのに、ほかのやつ巻きこむとアウトなのかよ」

「話の大本はおまえだろ？　何かあったら、誰《だれ》が責任取るんだよ！」

「あの」

加奈が申し訳なさそうに言う。

「私たちいちおう……本当に悪いことはしていないつもりです」

「それは分かっているんだけど」

おじさんが優《やさ》しい口調になった。そしてうん、となる。

「あのね……君たちはいきなり中学生のやることの域を超《こ》えてる、と思う」

ふん、と成田くんが鼻を鳴らす。

「しょうがないだろ。大人は話を聞いてくれないんだ」

　おじさんは険しい顔をした。

「その前におまえたちは話を聞いてもらう努力をしたのか？」

「は？」

「話を聞いていると、最近の文化祭の参加態度、あんまりよくなかったみたいじゃないか。ぼくも見に行ったことがあるけど、みんなが一丸となって資料をまとめていたようには見えなかったね。昔のぶんかさ……そのころは、ながね祭か。それも行ったことあるけど、全然違《ちが》ったな」

「それは内容がつまんないからで」

「内容がつまらなければまじめにやらなくていいのか？　先生たちはそれを見て『こんな文化祭ならなくてもいい』って判断したんじゃないのか？　そもそも模造紙を貼《は》りだすだけの文化祭になったのも、不まじめな態度が目立ってたからじゃないのか？」

　確かに、国広くんや金沢さんたちは「サボれなくなる」と声高《こわだか》に文句を言っていた。

「仮にそれが生徒のせいじゃなくても、生徒たちは与《あた》えられた仕事を一生懸命《いっしょうけんめい》やるべきだった。そしたら少しは話を聞いてくれたかもしれない」

「まじめにやってたやつもいたよ！」

「でも不まじめなやつが目立つなら、先生たちは文化祭をなくして正解って思うだろうな」

おじさんはそこまで言って、もう一度ため息をついた。

「先生たちの決定に不服で……かつ、これからまじめにやりたいと思っているのなら……それこそ、お金を集めるっていうのはちょっと違《ちが》うと思う」

みんなだまりこくる。偲与華は今にも泣きそうだ。今までうまくいっていたことがバレてしまったのだから。また、台無しにされる。きっとみんなそう思っている。

『台無しにされる』。

本当にそうだろうか？　先生たちやおじさんは、きっと私たちのことを考えているつもりなのだ。でも私たちだってちゃんと考えているつもりだ。

立場によって、考え方は違う。

お母さんやお父さんや、目の前のおじさんのことを考える。私は大人が嫌《きら》いなわけじゃない。それなのに時折こんな気持ちになる。悲しくて寂《さび》しくて、そんなの違う、嫌《いや》だって気持ち。でも、そんな気持ちをぶつけても何も変わらない。ただ大人を困らせるだけだって、ずっと思っていた。

でも。

私は両手のこぶしをぎゅっと握《にぎ》って、静まり返った部屋に言葉を投げかけた。

「どうしたら、いいでしょうか」

加奈が目を丸くしているのが見えた。

「私たちは、先生たちに少しでも意見を聞いてほしかった。それだけだったんです。でも、信頼《しんらい》がなかった。それは分かりました」

そこでなぜか涙《なみだ》が出た。成田くんはぎょっとした表情を見せる。おじさんも目を見開いたが、だまって私の話を聞いていた。

「じゃあせめてこれから、先生たちに気持ちを伝えるにはどうしたらいいんでしょうか？　私たちの気持ちを分かってもらうには、どうしたら、いい、でしょうか」

最後のほうは言葉にもなっていなかったかもしれない。私は制服のそでで乱暴に涙をぬぐい、おじさんを見た。おじさんは、私の肩《かた》に置こうとした手を引っこめた。それから息を吸って吐《は》く。おじさんは毅然《きぜん》とした態度で私に言った。

「自分たちができるんだということを証明するしかない。不満をぶつけるだけじゃ、先生がたは動いてはくれない」

ただいい子になれって言ってるんじゃない、分かるかい？　とおじさんは私に諭《さと》した。

「……私たちは自分たちのために、分かってもらう努力をしなくちゃいけない」

私は嗚咽《おえつ》に耐《た》えながらそう言った。姫野くんが繰《く》り返《かえ》す。

「分かってもらう、努力……」

「そうだ。自分たちの意思を言葉や行動でしっかり示して、先生がたに納得《なっとく》してもらわなくちゃ。今すぐそれに向けて準備をするべきだ。文化祭は十一月だっけ？　今からなら間に合う。きっと」

そう言って、おじさんは私に笑いかけた。「合格」と言うように。


昼休みのことだった。

「杏」

気づくと、偲与華がいた。私の机の前に立っている。教室なのに、今、名前で呼んだ？

「あのさ、話せる？」

偲与華は廊下《ろうか》を目で示した。私はうなずいて立ち上がった。

「昨日は、お疲《つか》れ」

四階に通じる階段の踊《おど》り場《ば》で、偲与華はぎこちなく話を切りだした。

「あのね……昨日、成田んちのおじさんにバレたとき、正直『あーあ、お説教だ、終わったなあ』って思ったんだけど……」

偲与華は目を伏《ふ》せていた。

「杏がおじさんに、反論？　違《ちが》うなぁ、ええと……質問、したとき……びっくりして。うち、ああいうときは大人って……怒《おこ》るだけで話を聞いてくれないと思ってたから」

偲与華はしどろもどろになりながら言う。

「でも、違った。おじさんはそのあと、どうしたらいいのか教えてくれた。『ダメなものはダメ』って言わなかった。そう思ったら、嘘《うそ》ついてたこととか、急に恥《は》ずかしくなっちゃって」

うーん、うーん、と繰《く》り返《かえ》しながら、彼女《かのじょ》は続ける。

「いきなり対等になったな、って思った。きっとそれは、杏がうちらを『大人』に引き上げたからなんだなって」

「私が？」

偲与華はうなずいた。

「いや、最初から対等、だったのかも。それを気づかせてくれたんだ、杏は」

偲与華は勢いづいて、うんうん、と繰《く》り返《かえ》しうなずいた。

「昨日ね、あのあと加奈と電話したの。二時間も。でね、加奈、言ったんだ。『一生懸命《いっしょうけんめい》、できる限りのことをしよう』って。うれしかった。だからうちも、がんばる。……って言いつつ、どうするかは加奈の指示待ちなんだけどさ。今日、成田んちでさっそく作戦会議。杏も来るでしょ？」

今度は私がうなずく番だった。


二人で話しながら教室に足を踏《ふ》み入《い》れようとしたときだった。

廊下《ろうか》にいらついた表情をした金沢さんが立っていた。彼女《かのじょ》の目が私をとらえる。

「偲与華」

「どしたの」

責めるような金沢さんの問い。

立ち止まり、偲与華は答えた。

「友達の杏。好きな本が似てるの。今度オススメの本を交換《こうかん》しようねって約束してたんだ。いいでしょ」

言い終わると、偲与華はおかしそうに笑った。

「は？　意味、分かんない」

「なら、いいよ別に。うちはうち、金沢は金沢なんだから」

偲与華は教室に入る。金沢さんは面食《めんく》らったような顔をして偲与華の背中を眺《なが》めている。


リサイクルショップナガネに着いたとき、おじさんが「いらっしゃい」と声をかけてきた。

「作戦会議だろ。どうぞ」

「すみません」

昨日のことや、また家を使わせてもらうことに申し訳なさを感じて謝《あやま》る。

「いやあ、いいんだ。まあ、お手伝いはしばらくはさせてあげられないけどね」

そうか。お金を稼《かせ》ぐのが正攻法《せいこうほう》じゃないと言われた以上、私はもうここで働けない。

寂《さび》しさを感じつつ、おじさんに頭を下げて二階に上がる。部屋に入ると、いつものメンバーがそろっていた。みんなとあいさつを交《か》わす。私が床《ゆか》に座《すわ》ったのを見て、加奈が言った。

「では、文化祭を取《と》り戻《もど》すための会議をはじめます」

どこから持ってきたのか、ホワイトボードが置いてある。私の視線に気づいたのか、加奈がつけたす。

「これはお店から借りたので、ていねいに扱《あつか》いましょう」

何から何まで、おじさんにはお世話になりっぱなしだ。

「ええと、確認《かくにん》するけど。私たちの目標は『文化祭を取《と》り戻《もど》す』それも『昔のような活気あるイベントにする』。つまり、自主性を手に入れる。これでいいわね？」

加奈がホワイトボードに『①文化祭を取り戻す②自主性を手に入れる』と書く。

「活気あるイベントと自主性ってなんの関係があんの？」

偲与華が手を挙げた。

「たぶんだけど、昨日成田さんが言ってくれたことは合ってる。文化祭の規模が小さくなったのは、予算不足ももちろんあるだろうけど、生徒たちのやる気がないって思われたからでしょうね。今日昼休みに会計の資料を改めて見直したの。最初はこと細かく報告されてた文化祭の予算や資料が、ここ数年は配られもしてない。これってきっと、そういうことよね」

加奈は肩《かた》をすくめた。

「昔、文化祭が『ながね祭』だったのは生徒たちにやる気があったから。やる気っていうのは自主性。つまりほっぽりださず、自分たちで率先《そっせん》してやりきること」

ふうん、と偲与華がうなずく。姫野くんも「なるほど」と声を出す。ここで気づいたけれど、成田くんはずいぶんと不機嫌《ふきげん》そうな顔をしてだまりこくっていた。手にはスケッチブックを持っていて、加奈のほうは見ずにぐしゃぐしゃと何かを描《か》きこんでいる。

「私たちがしなくちゃいけないのは、自分たちでやりきることができるっていう証明、よね」

加奈がホワイトボードに『証明』と書いて、コンコンとたたく。偲与華がうーん、とうなる。

「先生たちにどう証明するか、かー」

「ま、これは昨日の話のとおりよね」

加奈が私を見た。

「今年の文化祭を成功させる。生徒一丸となってやる気を見せ、来年の文化祭廃止《はいし》を思いとどまらせる。まあ、もしかしたら……うまくいっても来年より後、つまり再来年からの復活かもしれないけど」

「えーっ！　な、なんで」

「だって、予算案とかってずいぶん前に決めるじゃない？　いくら納得《なっとく》させても、お金がないことには……」

「だから、金を集めようって言ったんだ」

そこではじめて成田くんが口をはさんだ。その語気は怒《いか》りに満ちていて、一瞬《いっしゅん》場がしんとする。

「来年、誰《だれ》も金を出してくれないなら自分たちで出す。それでいいじゃん。どうせ大人は納得《なっとく》してくれないよ」

「昨日そのスタンスじゃダメ、って話になったんでしょ。前から思ってたけど、来年お金が集まったとして来年以降はどうするの」

加奈は冷たく言った。

「だいたい、お金だけあって大人が納得するかな。『大人を見返したい』って気持ちには共感してたからだまってたけど、学校を運営しているのは大人だよ。何かしたいなら大人に頼《たの》まなきゃ」

「それじゃ『反抗《はんこう》』じゃない。大人に頭下げてんじゃん」

「私たちも大人になろうって言ってるの」

成田くんはそこで加奈をにらんだ。加奈もにらみかえす。しばらく誰も何も言わなかった。気まずさを感じたのか、姫野くんが口を開いた。

「ええと、とりあえず今年のことだよね？　どうやって文化祭を成功させようか？」

その質問に、加奈がううんとうなる。

「私も生徒会でがんばってみるけど……でも、これは生徒全体の問題なんだよね」

「うんうん、生徒がやる気を見せないといけない、ってことだよね」

姫野くんがあごに手をやる。偲与華が「マジむずいよ、それ」と声を出す。

「みんなサボることしか考えてないじゃん？　杏も聞いたでしょ、金沢とか国広とかが言ってるの」

「うん」

確かにそれは大きな問題だ。みんな、文化祭があることの利益は「勉強時間を減らせること」だと思っている。

「そもそも、文化祭ってなんのためにあるんだろう」

ふと、なにげなくつぶやいた。

「なんのためって……」

偲与華の言葉は続かない。加奈はどこからか紙の資料を持ってくる。

「地域交流によって地域への親しみの心を育てる、って書いてあるわね、十一年前の資料には」

「えーっ。こんな何もない町にー？　親しみ～？　ただでさえ隣町《となりまち》のモールが羨《うらや》ましすぎるのに！」

偲与華の声に、成田くんがうるさそうに顔をしかめた。加奈が続ける。

「十一年前の長根は、今よりはにぎやかだったしね。商店街も。よく覚えてないけど、四、五歳《さい》のころはもうちょっとお店やってたし」

そうなのか。私は小学三年生から住みはじめたから、その前のことは知らなかった。

そこで加奈のスマホが鳴る。

「あ、アラーム。ごめん、塾《じゅく》の時間だから行かなくちゃ」

「うちも、今日はママと外食行くから早く帰る」

会議はそこで解散になった。私たちは帰《かえ》り支度《じたく》をして部屋を出たけど、成田くんは一言も発せずにスケッチブックと向き合ったまま部屋に残った。

一階に下りると、レジのところにいるおじさんがこちらを見た。

「終わった?」

「はい。ホワイトボード、ありがとうございます」

「話がまとまるまで使ってくれてかまわないよ」

加奈が頭を下げる。

そのあと、加奈と偲与華は急ぎ足で帰った。姫野くんもそれについていく。みんなを見送りながら、なんとなく私は帰る気にならない。

地域交流。長根市。新駅とショッピングモールに奪《うば》われた人口。

「どうしたの？」

おじさんが私に声をかける。

「あ、いえ」

なんでもないです、すぐに帰りますと言いそうになったけど、思い直しておじさんにきいてみることにした。

「おじさんは昔のながね祭を見たことがあるんですよね？」

「ああ。九年前のやつに家族で行ったんだ。ぼくと奥《おく》さんと賢人でね。こっちに引《ひ》っ越《こ》してきたばかりの時期に」

成田くんの名前が出てどきりとする。

「ながね祭は、にぎわってたなあ。劇とか盆踊《ぼんおど》りとか……。商店街からの出店《でみせ》もあったし、おじいちゃんたちのベーゴマ講座なんていうのもあった」

おじさんは目を細める。

「中でもすごかったのは、花火だなぁ」

花火？

成田くんの絵がぱっと頭に浮《う》かぶ。

おじさんは続ける。

「あとから商店街の一員になって知ったけど、そのころはここらへんに花火を作るお店があったみたいでさ。テレビでも放送されて、すごかったんだよ。まあ、もう閉店しちゃったんだけどね」

おじさんはお店の外を見やる。

「どこも経営難だ。だから昔みたいな文化祭、というのは難しいかもね。君たちには君たちらしい文化祭を作ってほしいな」

おじさんはにこっと笑った。そこで二階から階段を下りてくる音がした。

「げっ。帰ったんじゃなかったのかよ」

成田くんだ。

「私、帰ります。ありがとうございました。成田くんも、またね」

ぺこ、とおじぎをしてお店を出た。

先生、そして生徒たちの説得。

課題は山積みだ。

家に帰ると、明かりはついていなかった。今日はお母さんの帰りが遅《おそ》い日だ。夕飯を作ろうとキッチンに立つ。

カレーができあがるころ、思いついてパソコンの電源をつけた。長根のことを調べる。すぐにながね祭がヒットして、そのときの写真が出てくる。写真の中の校舎やグラウンドは、人でにぎわっている。

大人を説得して、文化祭を作り上げるというのが遠い目標に感じられた。本当に私たちにできるのだろうか。

いや、と首を振《ふ》る。やらなくちゃ。私たちは大人に証明しなくちゃならない。

ふと、お母さんとお父さんのけんかが頭をよぎった。私の将来のことで言い合う二人。私はまだ子供だって言い切ったお母さん。

閉じようとしたインターネットのタブを増やす。そして「高校進学　お金」と調べてみる。公立、私立、入学金、制服、定期……。いろいろな言葉が目に入る。少し悩《なや》んで、「高校進学　お金　自分」と入力した。目で追っていると「自力で高校進学をする方法」というタイトルが見つかる。私はクリックして記事を読む。

夢中になっていると、電話が鳴った。あわてて音がしたほうを見ると、ソファにお母さんのスマホが置いてある。

忘れていっちゃったんだ。

画面をのぞきこむと『和彦《かずひこ》さん』と書いてある。私の心臓が跳《は》ねた。

お父さんだ。

スマホは急《せ》かすようにテンポが速い着信音を奏《かな》でつづける。悩《なや》んだ末、私は応答ボタンを押《お》した。

「もしもし?」

久しぶりの、お父さんの声だ。私はごくりとつばを飲みこんでから、口を開いた。

「お父さん、久しぶり」

「……杏?」

お父さんの声は「どうして」というニュアンスを含《ふく》んでいる。私はあわてて答える。

「あのね、お母さん、スマホ忘れて仕事行っちゃったみたいで」

一拍《いっぱく》置いたあと、ふふん、と鼻で笑うような声が聞こえた。

「……あいかわらずドジだな、お母さんは」

バカにしたような、安心したような、ヘンな感じの声。

お父さんは……小さいころはたくさん遊んでくれた。優《やさ》しい人だったと思う。だから、そういうからかいみたいな言葉をどう受け止めればいいのか分からない。胸がきゅうっとなった。

私がだまりこむと、お父さんは「あー」と言ってから、続けた。

「杏、お母さんから何か聞いているか？」

聞いてる。どっちが私を引き取るかで二人はけんかしてるって。

でも私、このまま二人のお荷物でいるのは嫌《いや》なんだ。それにやっと気づいたの。

お父さん聞いて。私、最近ね……。

「ううん、聞くって何を？」

言いたいことを全部のみこんで、私はとぼける。

「そうか。いや、なんでもないんだ」

私が何も知らないと分かって、お父さんは露骨《ろこつ》に安心した声を出した。「最近どうだ、学校は」

「楽しいよ」

お決まりの質問に、お決まりの返事。それでもお父さんはほっとしたみたいだ。

「そうかそうか。元気そうでよかったよ」

そのあともたわいない会話を一つ二つ続ける。私は話しながら目をぎゅっとつぶった。今すぐ部屋に行って、あのノートのことで頭をいっぱいにしたい。楽しい空想だけして、ほかのこと、何も考えたくない。

お父さんは最後、「なあ」と切りだした。

「今度東京に遊びに来ないか。いろんなお店があって、きっと楽しいぞ。杏が欲《ほ》しいなら、服もたくさん買ってやるし、おいしいものだって……。ああそうだ、スマホも持ってないだろ？　携《けい》帯《たい》ショップにも行こうか、好きなのを選んでいいからさ」

私はあいまいにうなずいて、別れのあいさつをしてから電話を切った。

外はもうすっかり夜だ。もう何もする気になれなくて、ただぼんやりパソコンの画面を眺《なが》めていたら、やがて玄関《げんかん》のカギが開く音がした。急いで履歴《りれき》と、タブを消す。

「ただいまー。調べもの？」

お母さんがリビングに入ってくる。

「うん。学校の宿題。ごはんできてるよ」

「お、ありがとー。ごめんね最近忙《いそが》しくて。でも、杏はほんとしっかりしてる。これなら大人になっても安心だわ」

もう一度「ごめんね」と言ってからお母さんは笑った。「いいよ」と答えるよりも、先に言葉が出る。

「大人……」

そうだ。私はいつか大人になる。

でも……私はさっきの電話を思い出す。それはいつのことになるんだろう。

私はどうやったら大人になれるんだろう。

お母さんはうなずく。

「私なんか、大学生のときはじめて一人暮らししてさ、家事覚えるの大変だったよ。でもその点杏は大丈夫《だいじょうぶ》。お母さんのお墨付《すみつ》き」

「そっか……」

ぼんやりしていると、お母さんに不思議そうな顔をされてはっとする。私はあわててキッチンに向かった。

花火の丘《おか》

「今年の文化祭の盛り上げ方を考えましょう」

二日後。次の会議で加奈が提案した。偲与華《しょか》が即座《そくざ》に反応する。

「盛り上げ方？　つか姫野は？」

「来るって言ってたけど。あとは知らない」

そう言う成田くんはあいかわらず機嫌《きげん》が悪そうだ。気が乗らない成田くんの部屋で会議をしつづけるのはどうかとも思ったけど、みんな「成田くん抜《ぬ》きでやるのは違《ちが》う」と思ってるんだろう。押《お》しかける形になってはいるけれど。

「そう。ま、来たらそのとき進んだところまで説明すればいいし、来なかったらライン送りましょう」

「うん。てかさ、今まできかなかったけど、なんで姫野ってここに来てんの？」

偲与華がドアのほうを気にしながら言う。小声で「不登校なら、文化祭なんてどうでもいいんじゃないの」とつけ加えて。静まる部屋。視線が自然と成田くんに集まる。成田くんは鬱陶《うっとう》しそうに答えた。

「あいつとおれ、小学校同じだったんだ。親同士が保護者会で仲よくなって、けっこう遊んでた。三月、不登校になったって聞いて会いに行ったとき『文化祭を取《と》り戻《もど》して先生たちをぎゃふんと言わすんだ』って言ったら『参加させてほしい』ってあいつが言ったんだ」

偲与華がぽんと手を打つ。

「不登校になったとき先生たちは協力してくれなかった、って言ってたもんね。あ、でも今の流れならなおさら姫野、つらいんじゃない？　だってうちら、大人と話そうって言ってるんだよ？　姫野のこと、認めてくれなかった先生たちと」

確かに。加奈と顔を見合わせたときだった。

「遅《おく》れた！　ごめん！」

部屋に姫野くんが飛びこんできた。息が切れている。その姿を見て驚《おどろ》いた。彼《かれ》は制服を着ていた。

「ちょっと、居残りさせられて」

「居残り、って、学校行ってたの？」

目を見開いた偲与華がきく。姫野くんは照れくさそうに、

「なかなか決心つかなくて昼休みからだったけど。いきなりだったから先生たちもびっくりしたみたいで、放課後残されちゃってさ」

「な、なんでそんな急に？」

偲与華の質問に、姫野くんがこちらを見る。

「分かってもらう努力をしなくちゃ、って西森さんが言ったから」

「え？　私？」

姫野くんはくしゃっと笑う。

「ぼくはずっと、『分かってもらえない』ってことに対して学校を恨《うら》んでた。だから、何も話さなかった。でも……言わなきゃ、ぼくの不満は本当の意味で分かってもらえない。自分をたいせつにするためにも、先生やクラスの男子たちにきっちり謝《あやま》ってもらわなくちゃって思ったんだ」

そこまで言って、姫野くんの目に涙《なみだ》がたまる。

「でも、あー……怖《こわ》かったぁ。ほんと、もー心臓バックバク。勉強は分かんないし、みんな気まずそうにしてるし、緊張《きんちょう》しっぱなしだったよ」

彼《かれ》は笑い泣きしながら目をぬぐう。

「大丈夫《だいじょうぶ》？　いきなり無理しないでよ、も〜」

言葉とは裏腹に、偲与華が優《やさ》しく姫野くんの背中をさすった。

「うん、でも、みんなを見てぼくもしっかりしなくちゃって思ったから」

成田くんは面食《めんく》らったような顔をしたまままだまっている。姫野くんはポケットからハンカチを出して、涙《なみだ》を拭《ふ》いた。

「で、どこまで話進んだ？　ぼくにかまってちゃ、時間もったいないよ」

姫野くんは加奈を見た。

「今してたのは、生徒たちのやる気を上げるような盛り上げ方を考えなくちゃっていう話」

加奈がそのあと説明したのは、「生徒のやる気を上げるためには、魅力的《みりょくてき》な提案をしなければならない」ということだった。

「生徒みんなに一から意見をつのる時間はないわ。だからまず、文化祭の魅力的な盛り上げ方をこっちで考える。生徒が楽しめて、意義のある文化祭を提案するの」

「楽しみながら、勉強にもなるイベントにする……ってこと？」

姫野くんが質問し、加奈がうなずく。

「そう。ただのお祭《まつ》り騒《さわ》ぎじゃダメ。何かいい案ない?」

「昔は、地域交流のためのイベントだったたんだよね……」

うーん、とみんな考えこむ。部屋に静寂《せいじゃく》が訪《おとず》れる。

長根市。今は地域交流どころか、人口が減っていく一方だ。当時協力してくれていた商店街の人たちは、今は経営難にあえいでいる。この前、おじさんもため息をついていた。

ハイ、と偲与華が手を挙げる。

「映《ば》えるスポットにする、ってのはどう? めっちゃ映えるもの作って、展示するの」

加奈が冷静な目で偲与華を見る。

「映えるものって何?」

「それは、考え中……」

「それは生徒にとって、どんな意義があるの?」

「えー……作るの楽しいかなって。インスタとかにも上げられるし」

「だから楽しむだけじゃダメなんだって」

「難しいなー」

「ほかには? 成田くんとか、何かないの? 言いだしっぺでしょ?」

加奈が完全に沈黙《ちんもく》を貫《つらぬ》いている成田くんに話を振《ふ》る。彼《かれ》は姫野くんのほうを見て何かを考えているようだったけど、加奈に話しかけられたとたんにはっと表情を変えた。

「は？　だからおれはおまえらのやり方には」

成田くんが加奈に反発しかけたとき、姫野くんがやんわりと言った。

「ぼくも聞きたいな。資金を集めて、賢くんがどんな文化祭を作りたいって思ってたのか」

成田くんはだまりこむ。やがて成田くんはそっぽを向いて言った。

「……花火とか」

その瞬間《しゅんかん》、おじさんと話したこと、そして成田くんの絵が頭をよぎる。

「花火って、打ち上げ？」

加奈の質問に成田くんがうなずく。

「それは……ちょっと無茶よね。前に聞いたことあるけど、花火って打ち上げるまでにいろいろな手続きが必要みたいだし、お金がすごくかかるんだって」

成田くんは再度だまりこんだ。私は考える。

家族で見た花火。絵の中の花火。成田くんがお店や大人を嫌《きら》う理由。

成田くんが文化祭に執着《しゅうちゃく》する理由は、生徒の意思をないがしろにされて怒《おこ》っていたからだと思ってたけど……。

もしかして、『文化祭を取《と》り戻《もど》す』のは、成田くんにとって『大人に反抗《はんこう》する』以外に何か大事な意味があるんじゃないか。

私はふと、古い机の中のノートを思い出す。

「だから花火は……」

加奈が言いかけたとき、私は思わず手を挙げた。

「あのっ」

その場の全員が私を見る。どきっとした。花火の話題が消えるのが嫌《いや》でとっさに手を挙げたけど、何を言おう。

「ええっと、花火……市民の人も楽しめるからいいと思う」

加奈は首をかしげた。「それ、意義の話?」

「そう。ええと、人も集まるよね。そしたら。それって、長根市にとってもいいことなんじゃないかな、地域交流っていうか、その」

思いつくままに言葉を並べる。成田くんが驚《おどろ》いた顔でこっちを見ている。

「でも、さっきも言ったけど、準備とかお金とか……もう間に合わないと思う」

加奈がごもっともなことを言う。そうだ、今実現は無理って話をしたばかりなんだった。でも、あきらめたくはない……。

なんとか食い下がろうと、またぐるぐる考える。いろんなことが頭に浮《う》かんでは消える。文化祭。おじさん。地域交流。映《ば》え。不登校。電飾《でんしょく》。過疎化《かそか》。大学生。『潰《つぶ》れちゃえばいい』という言葉。あの美しい、花火の絵。

どうにかして、成田くんの案を繋《つな》ぐことはできないか。

一つだけ方法が思い浮かぶ。わらにも縋《すが》る思いで、私は口から言葉を絞《しぼ》りだす。

「あああのっ！　……成田くん、お店に大量の電飾、まだ、あるよね」

成田くんがびくっとしてうなずく。

「じゃあ、花火のかわりに……電飾でイルミネーション、どうだろう。花火型にして、点滅《てんめつ》させたりするの。偲与華の言ったとおり、生徒も作るの楽しいし……ば、映えるし。それで商店街とかにも飾《かざ》ってもらうの。たぶん昔みたいに文化祭に協力してもらうのは難しいから、その、えっと、ちょっとでも話題になって商店街に人を増やせたら、いいななんて」

言葉がまとまらなくて、しどろもどろになる。自分でも何を言っているのか分からない。みんな、あぜんとして聞いている。私がだまっても、しばらく誰《だれ》も口を開かなかった。

「まとめると」

加奈が言った。「商店街に恩返しする、ってこと？」

私の口からまぬけな声が出る。「お、恩返し？」

「違《ちが》うの？　昔協力してもらった地域のお店に活気を取《と》り戻《もど》そう、って言っているふうに聞こえたけど」

「あ！　町おこしってやつか！」

偲与華が言った。

二人の言ったことをじっくりと考える。私は首をかしげながら「たぶん、そう、かも？」と煮《に》え切《き》らない答えを出した。

「なるほど。電飾《でんしょく》はお店のを買えばいいからかなり節約できるし、そしたら賢くんのお父さんも喜ぶよね。それっていちおう、町おこしの一環《いっかん》だし」

姫野くんがほっとしたように笑った。偲与華が「あー！」とまた大きな声をあげる。

「じゃあ、じゃあ当日、商店街に売ってるもの使うとかどうよ？　あのさ、ママの知り合いに商店街でお茶っぱ売ってるおばあちゃんがいるんだけど、そのおばあちゃんオススメのお茶でカフェとかできないかな？　そしたらおばあちゃんも売り上げ上がるし！」

「わぁ、いいね！　角のケーキ屋さんのお菓子《かし》とか、売らせてもらえないかなぁ、ぼくあそこのケーキ好きなんだ」

「なるほど。中学生が地域の助けになるためにがんばる、か」

加奈がうなずいた。「よさそうね。生徒も楽しめるし、成田さんに恩返しもできそう」

加奈はホワイトボードをこつっとたたいた。その軽い音を聞いて、なんとなくほっとした。

成田くんをちらっと見たら、なんだか複雑そうな表情をしている。


次の週の放課後も使って、私たちはずいぶん話し合った。なんとか計画といえそうなものになったとき、加奈が言った。

「まず先生に提案しなくちゃね」

「え、先生に？　生徒じゃなくて？」

「先生に気取られず生徒たちに伝えるのは難しいわ。一回先生に全部相談して、生徒たちに説明する機会を作ってもらうのがいちばんいいと思う」

場がかつてないほど緊張《きんちょう》したのが分かる。

「いい？　私たちは先生も生徒も納得《なっとく》させなくちゃいけないの。二重に大変なのよ、これは」

加奈が追い打ちをかけるように言った。「とりあえず、生徒会の私と成田くんが勝手に動くのはよくないから、生徒会役員のみんなには私たちからいちおう断っとくわね。先生に話すのはそれから」

「私たち、って、それおれも入ってるのか？」

成田くんが目くじらを立てる。

「当ったり前でしょ、イルミネーションの元の案、出したのは成田くんじゃない」

成田くんが、イルミネーションを提案した私を責めるように見た。罪悪感にかられ、下を向く。加奈はさらにたたみかける。

「先生に了解《りょうかい》が取れたら、次は生徒ね。全校集会の時間を作ってもらえるのか、プリントを配る形になるのかは分からないけど、生徒全員に説明をするの。資料作り、みんな手伝ってね。成田くんもよ」

成田くんが「はあっ？」と声を出す。

「何勝手に決めてんだよ！」

「だって、言いだしっぺでしょ？」

「おれはおまえらのやり方には反対なんだよ。なのになんで協力しなきゃいけないんだ」

「まだそんなこと言ってるの?」

加奈があきれた声を出す。「文化祭を取《と》り戻《もど》すのが先でしょ? つまんないことにこだわらないで」

「つまんない」というところで、成田くんがまゆを吊《つ》り上《あ》げた。

「おまえらのやり方のほうがよっぽどつまんないよ。大人に受け入れられることしか考えてないじゃん。反抗《はんこう》はどうしたんだよ、大人にムカついてんじゃなかったのかよ。高木も姫野も」

偲与華と姫野くんは顔を見合わせる。やがて偲与華が言いにくそうに口を開く。

「うーん、ムカつくのはムカつくよ? でも、無駄《むだ》な力使うのもなと思う、うち。うまく言えないけど……人のこと、こぶしで殴《なぐ》って言うことききかせるより、言葉で殴って納得《なっとく》させるほうがかっこよくない?」

ぷっと加奈がふきだした。「何、そのたとえ」

「いや、うちも何言ってるか分からんわ」

でも姫野くんはうん、とうなずいた。

「大人と対等になって、そのうえで言うことききかせたほうがキモチイイじゃん、ってことだよね」

「あ。そうそう」

姫野くんと偲与華が笑いだす。成田くんはさらにいらついた様子になる。

「バカみてー。……西森は？　大人の顔色をうかがわずに生きたいって思ったんじゃないのかよ」

どきっとする。お母さんと、お父さんの顔が浮《う》かぶ。

「わ、私は……」

「成田ぁ、もう観念したら？　今意地張ってもしょうがないよ」

私が何かを言う前に、偲与華が諭《さと》すように言った。成田くんは一瞬《いっしゅん》だけ顔を引きつらせ、いちだんと強くみんなをにらんだ。そしてドアから出ていってしまう。私の心臓がどくんと波打つ。

まずい、と思った。

「あ、出ていっちゃった」

偲与華がドアに向けてつぶやく。加奈はため息をついた。

「子供ね。とりあえず、成田くん抜《ぬ》きでやろう。で、あとで」

ダメだ。

それじゃダメ。

気づけば私は駆《か》けだしていた。

階段を下りると、おじさんがあっけにとられた表情でお店の入り口を眺《なが》めているのが見えた。

「成田くんはどこに？」

「あっちに走っていったよ」おじさんが住宅街の反対方向を指さす。

「何かあった？」と続けたおじさんに、

「すみません、ばたばたしちゃって」

それだけ言って、私はお店を飛びだした。


商店街を抜《ぬ》けると、田舎道《いなかみち》が続く。なだらかな坂道がだんだんと足を重たくする。でも、一刻も早く彼《かれ》を見つけなきゃ。私は急ぐ。


成田くんはきっととても大事なものをかかえている。

このまま放っておいたら、彼はそれを価値のないものだと決めつけてしまうのではないか。

誰《だれ》も気持ちを分かってくれないし、誰の気持ちも分からないと思いこんでしまうのではないか。

そう思ったら、追いかけずにはいられなかった。

だってそれは、きっととてもつらいことだから。

私が成田くんを見つけたとき、彼は高台にある道に座《すわ》りこんでいた。

いや、ただ座りこんでいるだけじゃない。彼《かれ》はスケッチブックを持っていて、何かを描《か》きこんでいる。

高いところにいる彼は走ってくる私の姿を簡単に見つけてしまう。彼はぎょっとした顔で私を見た。でも、すぐに不機嫌《ふきげん》そうな表情に戻《もど》る。

「何しに来たんだよ」

私は立ち止まって、はあはあと息を繰《く》り返《かえ》した。それから改めて彼を見る。成田くんは敵意むきだしで、その視線が強く刺《さ》さる。

怖《こわ》い。誰《だれ》かと言い争うのに、誰かを説得するのに、私は慣れていない。

ふと、彼のスケッチブックに目がいった。彼は私の視線に気づいてすぐにそれを閉じたけど、繊細《せんさい》な線で描《えが》かれた風景は、たったそれだけの時間で私の目にやきついた。

空に上がる大きな花火。高台から見える景色。駅前、商店街、長根中学校。彼のスケッチはここから見える風景と一致《いっち》していた。そしてそれは、全校集会で見たあの絵の構図といっしょだった。

でも、あの絵と違《ちが》うのは……高台に三人の人物の後ろ姿が描かれているところだった。風景のタッチとは違い、粗《あら》く、ぼやっとした線だった。消しかけのようにも思われた。花火に向き合う、二人の大人と小さな男の子。


ゆっくりと息を吐《は》く。やっと、分かった。

あの花火は、ながね祭の花火だったんだ。そして……。

成田くんは、私なんだ。

気づくとともに、私はひときわ大きく息を吸った。


「ノート」

「は？」

「成田くんに見られたノート、すごく、大事なものだったの」

「なんだよ、いきなり」

すっかり息が落ち着いた私は、成田くんの目を見る。もうとまどいはない。

「私の家、昔はふつうの家族だった。でも今は、違うの」

成田くんはさらにけげんな表情になる。かまわず私は続ける。

「小さいころ、家族で旅行に行ったの。イギリス」

お母さんの赴任《ふにん》予定先はイギリスだったらしい。お母さんは家族に自分の夢を分かってもらうために旅行を企画《きかく》したんだろう。もしかしたらお父さんは心の底では旅行に乗り気じゃなかったかもしれない。

でもそんなことを知らない私には、とても楽しい旅行だった。

「そこでね、見たイルミネーションがとてもきれいで、魔法《まほう》みたいだった。お母さんがイギリスは魔法の国なんだよって教えてくれて」

それから、お母さんの名前は有紗《ありさ》で、イギリスにもある名前なんだっていうことも知った。

じゃあ、お母さんは魔法使いなの？　そうきいたら二人が大きな声で笑ったのを覚えている。

成田くんがつまらなそうに言った。

「だから電飾《でんしょく》がどうとか言ってたのか？」

「そうじゃ、なくって。それもあるけど。それからお母さんは、小さい私を喜ばせるために、しょっちゅう遊んでくれた。魔法使いごっこしてくれて」

私は目を閉じた。こんなことを誰《だれ》かに言うのははじめてだし、しばらく忘れていた。

「でも、私が知らないうちに両親はどんどん仲が悪くなってた、みたい。私は長根に連れてこられて、魔法《まほう》から覚めた。いろいろあったんだと思う。でも私にはそれが分からなかった」

目を閉じると、今でも浮《う》かんでくる。古い街並みに浮かぶ光の球。しんしんと降り積もる雪を照らし、人々が笑顔《えがお》になっていく。幸せな家族だったころに見た風景。その魔法の影《かげ》を追いかけて、私は……。

目を開けると、成田くんが見えた。彼《かれ》はまるで高台の景色を守るように、そこにいた。

私は、もう一歩だけ踏《ふ》みだしてみる。

「昔のことは、思い出すと楽しくて幸せで……でもそのたびに寂《さび》しさがつのっていくの。どうして今は違《ちが》うんだろう、って、すごく、悲しい気持ちになる」

成田くんの目をまっすぐ見つめる。真っ黒な瞳《ひとみ》は、ゆらいでいるように見えた。

「私は子供だから……何もできないって思ってた。けど成田くんは、ちゃんと立ち向かおうとしてる。だから、成田くんは、すごいよ」

そう。成田くんが気づかせてくれた。誰《だれ》かの顔色をうかがって生きなくていいんだって。

成田くんに出会って、いろんなことが変わったし、いろんなことを知った。魔法みたいだって思った。

「あのね。私はそんな成田くんといっしょに、成田くんといっしょだから、文化祭を復活させたいの」

成田くんは、ぽつりと言った。

「だから、おれにも大人に頭を下げろっていうのか」

私はゆっくりと首を振《ふ》る。

「違《ちが》うよ。私は……私たちの思い出とか、思いを……自分の素直《すなお》な気持ちを、守ってあげたいだけなの、きっと」

もう一歩前に進む。

「そういうものを守りたいって気持ちは、大人への敵意とか、反抗心《はんこうしん》から生まれたものじゃない、って思う。違う……かな」

私たちは大人に分かってほしかっただけ。私だって何かを選択《せんたく》できるし、やりとげられるし、その結果をちゃんと受け止められるってことを。

成田くんはうつむいたまま、何も言わない。

私は、全校集会での花火の絵をもう一度思い出した。水彩画《すいさいが》の淡《あわ》い、あたたかな色合い。

「成田くんの大事なものを、私も守りたいって思うの。だから、だからね……」

なんて言おう。なんて言えば伝わるだろう。言葉選びに迷っていると、成田くんが口を開いた。

「あのさ」

言いながら、成田くんはスケッチブックを開いた。そして慣れた手つきでカッターを持ち、鉛筆《えんぴつ》を削《けず》った。その鉛筆で、自分の隣《となり》を指す。

「とりあえず、座《すわ》れば」

おずおずと隣に腰《こし》かけてみる。成田くんは私の視線にも動じずに絵の続きを描《か》きはじめて、しばらくしてから口を開いた。

「ここからの」

「え？」

「ここからの景色が、いちばんきれいなんだ、長根。引《ひ》っ越《こ》してきたときは大嫌《だいきら》いだったけど。ここがいちばん、花火に似合う」

成田くんはそれきりだまった。鉛筆の音だけが響《ひび》く。

粗《あら》かった人物たちが少しずつ、確実に、絵の中に息づいていく。迷いのない線。大人と子供が風景になじんでいく。

ああきっと、言いたいこと全部、伝わった。

そう思ったら、体じゅうの緊張《きんちょう》がふっとほどけた。

もうすぐ夜が来る。星々と町のコントラスト。この夜空に散る花火はきっと、とても美しいだろうな。

私たちはしばらくそこにいて、何もしゃべらなかった。やがて私は立ち上がり、田舎道《いなかみち》を引き返した。

ここからは、成田くんが決めることだ。

笹村先生

「笹村先生と話そうと思う」

数日後、加奈が言った。私と偲与華《しょか》と姫野くんは「いよいよか」という顔をする。成田くんはあいかわらず仏頂面《ぶっちょうづら》で何も言わないけれど、いちおう会議には参加していた。その姿を見るたび、私はほっとしていた。

「それでね。みんなにもいっしょに来てほしいの」

「いいけど……なんで笹村なの？　小田原とかのが分かってくれそうじゃない？」

偲与華が心配そうにきく。加奈は首を振《ふ》った。

「笹村先生は生徒会の顧問《こもん》だから。それって役員だけじゃなくて、生徒会に入ってる人、つまり生徒全員の意見を知る義務があるってことだよ。それに、あの笹村先生を落とせればいろいろスムーズにいくと思うんだ」

「でも、笹村、だよ?」

偲与華がこぶしをぎゅっと握《にぎ》った。笹村先生のあの冷たい視線にさらされることを考えているのだろう。確かに、笹村先生が私たちの提案を一蹴《いっしゅう》するところはやすやすと思《おも》い浮《う》かぶ。でも……。

「きっと大丈夫《だいじょうぶ》だよ。加奈、話すならいつにする?」

私は加奈を見る。加奈は意外そうにこちらを見たけれど、すぐに「そうね」と続けた。

「もう七月だもん。夏休みに入る前に言おう」

「じゃあ、定期テストが終わった日、でいいかな」

運命の日を設定して、私たちはうなずいた。


「あーもー昨日の数学、最悪だったよー」

七月。セミが鳴きはじめたころ、通学路でやよいちゃんが言った。

「杏ちゃんは?」

「うーん、ふつうかなぁ。がんばったんだけど」

実を言うと、数学はとても勉強した。笹村先生は数学の先生だからメンバーに赤点がいたら格好がつかないし、説得力に欠ける。加奈もそう思ったのか、私たちに厳しく細かく教え、テストの前日には「最後にやるプリント」を作ってきてくれた。

「ほんと？　今日は国語と理科かぁ、理系科目ほんと苦手なんだよね、勉強はいちおうしたけどさ、自信ない」

朝からやよいちゃんがうなだれる。私は彼女《かのじょ》の背中をたたいて笑顔《えがお》を作った。

「きっと大丈夫《だいじょうぶ》だよ」

うん、きっと大丈夫。

今日はテスト最終日で、そして運命の日だった。


「笹村先生」

帰りのホームルームが終わり、笹村先生が教室を出ようとしたところで呼び止めた。最初の「さ」が不自然に大きすぎた気もするし、語尾《ごび》が震《ふる》えた気もする。先生はゆっくりと振《ふ》り返《かえ》る。

それだけで隣《となり》の偲与華が半歩あとずさる。

「何？　西森さんに、高木さん。珍《めずら》しい組み合わせだけれど」

ほかのメンバーはまだホームルームが終わっていないのか、廊下《ろうか》に来ていない。パニックになりながら私は続けた。

「お話が、あって」

そこで姫野くんがこちらに向かってくるのが見えた。彼《かれ》が私たちの後ろについて、先生は一瞬《いっしゅん》目を見開いたけど、「何かしら？」といつもの冷たい感じで言った。

「あ、あと二人来るので、待ってもらえ、ますか」

先生は不思議そうな顔をしたけれど、私たちの切羽つまった顔を順番に眺《なが》めてから、「いいわ。じゃあ生徒会室を使いましょう。集まったら来なさい」と言って、背を向けた。

やがて加奈と成田くんが三組の前に来る。成田くんが来たことに、私はほっとする。

「笹村は？」

成田くんがぶっきらぼうにきいた。

「生徒会室」偲与華が言って、みんな歩きはじめる。

生徒会室の前まで来ると、加奈が深呼吸をして、それから小さい声で言った。

「行こう」

ノックをしてドアを開けると、テストの採点をしていたらしい先生が紙の束を伏《ふ》せて立ち上がった。

「失礼します」

「どうぞ」

先生はこちらのメンバーを確かめるように私たちを眺《なが》めた。

「それで、何かしら」

「笹村先生に、そして先生がたに聞いてほしいお話があります」

加奈が背筋を伸《の》ばして言った。

「文化祭のことです。私たち、どうしても来年からの廃止《はいし》に納得《なっとく》がいかないんです」

先生は冷ややかな視線を私たちに向けた。「ああ、またその話。最近聞かなくなったと思ったら」先生はちらっと成田くんを見る。彼《かれ》は無表情だ。

「いいわ、続けて」

「はいっ」

加奈がこぶしを握《にぎ》る。緊張《きんちょう》しているみたいだ。

「ええと……文化祭は、ながね祭は……十一年前生徒が立ち上げたイベントです。わが校の伝統です。それなのに、先生がたに一方的に奪《うば》われるのは、おかしいと感じました」

先生はしばらく反応をしなかった。加奈がだまりこんだのを見て、首をかしげる。

「それだけ？」

「い、いいえ！」

加奈は食い下がる。そして視線で私たちに目配せをした。本題が来る。私はどきどきしながら加奈の言葉を待つ。

「でも、私たち考えたんです。どうして文化祭が廃止《はいし》になったのか。どうして先生がたは何も相談してくれなかったのか。それは私たち生徒に原因があると思いました、笹村先生や小田原先生は『予算の問題』と言っていたけれど……やる気を出さないでだらだらと資料を作ったり、つまらないって言うのに改善案を出さなかったり……そういうところが先生がたを失望させたんだと感じました。すみませんでした」

そこでみんな、「すみませんでした」を繰《く》り返《かえ》し、頭を下げる。視界の隅《すみ》で偲与華が成田くんの頭を押《お》さえつけているのが見えた。成田くんはされるがままだったが、ぼそっと「すみませんでした」と言った。

先生はいくぶんか驚《おどろ》いたようで、いったん口を開いたが、すぐに閉じて何か考えこんでいるみたいだった。やがて静かに答える。

「そうね、大筋は確かにそうよ」

全員が顔を上げ、先生を見る。

「でも、勘違《かんちが》いしないでほしいから言うけれど、私や小田原先生の『予算』って言葉は優《やさ》しさからの嘘《うそ》じゃないわ。文化祭をやるにはそれに見合う予算が必要なの。つまり、あなたたちの文化祭の価値はゼロ円。それだけ」

加奈が口を閉《と》ざした。予想以上にきつい言葉にひるんでしまったのだろう。生徒会室を緊張感《きんちょうかん》が支配する。

でも……なんだか、あのときと似ている。

おじさんが成田くんの部屋に来たときと同じ雰囲気《ふんいき》だ。あのときおじさんは私たちに厳しいことを言いながらもアドバイスをくれたし、応援《おうえん》してくれた。おじさんが厳しいことを言ったのは、私たちをいじめたいからじゃない。きっと私たちに現状を理解させ、その先をしっかり考えさせるためだったんだと思う。そして笹村先生は、以前成田くんの説得をちゃんと聞いてくれた人だ。

なら、これは、あのときと同じだ。

説得は加奈に任せるはずだったけれど……思わず言葉が口からついて出た。

「本当のことを言ってくれて、ありがとうございます」

ほかのメンバーがぎょっとした目で私を見たが、私の気持ちは本当だった。笹村先生は、私たちが対等に話すとっかかりを用意してくれたんだ。先生は値踏《ねぶ》みをするように私たちを見た。その目が、

『ここでだまるくらいなら受けつけないけど、この先説得できるならしてみなさい』

と、そう語っているように見えた。加奈も同じことを感じたんだろう。彼女《かのじょ》ははっとしたように、先生を見上げた。

「ご指摘《してき》、本当にありがとうございます。生徒はやる気をなくしていたんだと思います。私自身、こんな文化祭あってもなくても同じだ、と思ったこともあります。こんなのなんでやらせるんだ、って。でも、そうじゃないんですよね。大事なのは私たちの向上心と、自主性」

加奈は息を吸った。声がいつもの調子に戻《もど》りつつある。

「笹村先生。私たち、もう一度チャンスが欲《ほ》しいんです。意義のある文化祭を作り、また次の世代に繋《つな》げていきたいって思うんです」

「でも、そう思っているのは今ここにいるあなたたちだけでしょう？」

加奈は、もう負けない。

「ほかの生徒たちの意思はまだ確認《かくにん》していません。まず先生がたの許可をいただいたうえで、全

生徒に文化祭のことを考えてもらう機会を作りたいと思っています」

「今まで不まじめだった人が、急にやる気になるかしら?」

「分かりません。でも五月に文化祭廃止《はいし》が発表されたとき、みんな不満そうでした。『勉強しなくていい時間を奪《うば》うな』って怒《おこ》ってる人もいたけれど、でも、根本は違《ちが》うことへの怒《いか》りだったと思います。私は、そこに『自分たちの文化祭なのにどうして』って気持ちがあったんだと信じています」

文化祭廃止が知らされたとき、生徒たちは納得《なっとく》していない様子だった。けど、それはサボれなくなるからってだけじゃない、と思う。国広くんや、やよいちゃんの言葉にもそれは表れている。

『やりたいかと言われるとビミョーなイベントだよな』

『私も、最初はしょうがないかぁって思ったんだけど。なんかもやもやするっていうか……ヘンじゃない? って思って』

生徒たちは今までの文化祭を『やりたくない、めんどうくさい』と思いつつ『取り上げられるのはヘンだ』と思っていた。けれどそれは『やりたくないのに、やりたい』ということになる。

その『やりたい』の先を考える手伝いをしたい、と私たちは話し合った。加奈は続ける。

「だから過去の失敗も含《ふく》めて、生徒全員に考えてもらいたいんです。今まで卒業していった、伝統を繋《つな》いでくれていた先輩《せんぱい》たちのためにも」

それから、先生は長いことだまった。何を考えているのかは分からなかった。とても長い時間だった。汗《あせ》が背中を伝う。

先生は一人一人の顔を見たあと、ふう、と息を吐《は》いた。そして、

「考えるだけ、考えてみましょう。近いうちにほかの先生がたとお話しします」

と言った。

偲与華や姫野くんの顔がぱあっと明るくなる。先生は彼女《かのじょ》たちを見て、表情一つ変えずに続ける。

「でも、すんなりいくとは限らないわ。これは生徒全体の問題だから。うまくいっても、あなたたちが説明会を開いて、生徒たちに文化祭廃止《はいし》反対を呼びかけるという形になるでしょう。文化祭をどうするかの判断はそれからになると思う」

はい、と加奈が言う。

「そう。じゃあ、先生がたに話すためにいろいろ質問するけどいい？」

先生は『今年の文化祭をどうする気か』『どこまで計画を立てているのか』などを次々にきいた。練習どおりに加奈が答える。

先生が最後に質問した。

「で、説明会で演説するのは誰《だれ》？　さすがに全員を演説させるわけにはいかないし、時間も限られているから、代表者にしゃべってもらうことになるわ。代表者は佐久間さんでいいのかしら？」

加奈は口ごもった。そこは話していなかったし、誰もが明言を避《さ》けていたところでもあった。彼女《かのじょ》の目が成田くんを一瞬《いっしゅん》とらえる。けれどすぐにあきらめたように目を伏《ふ》せ、加奈は口を開いた。

「はい」

「いいえ」

加奈の返事に成田くんの声がかぶる。みんないっせいに成田くんを見た。

成田くんは「当然だろ」という顔をしていた。

「ぼくが中心となって説明会をします」

「あら、そうなの？」

先生は口ぶりとは裏腹にあんまり驚《おどろ》いてはいないみたいだった。

「はい。ぼくが発案者なので。ぼくは前々から個人的にお話しさせてもらっていたので、今日は仲間の佐久間に説明してもらいました。説明会ではぼくが中心となってがんばります」

成田くんはしれっとそう言った。

「そう。じゃあ会議ではあなたの名前をあげておくわね」

「お願いします」

先生はうなずき、何かをメモしてから「じゃあ、今日は帰りなさい。また連絡《れんらく》はしますから」とその場を立ち去った。全員「はい」とうなずきはしたけれど、どこか上の空だった。笹村先生と対峙《たいじ》する緊張《きんちょう》よりも別のことで頭がいっぱいだったからだろう。先生の姿が見えなくなったとたん、視線は成田くんに集中した。

「成田、どういうことだよっ」

偲与華が成田くんの肩《かた》をこづいた。非難するような言葉だけど、語尾《ごび》がやけに跳《は》ねた。

「なんか、いいとこ全部取られた感じ。卑怯《ひきょう》ねえ」

加奈は肩をすくめた。成田くんはこづかれたところを痛そうになでた。

「痛《い》ってーな。言いだしっぺなんだからちゃんとやれ、って言ったのはおまえらだろ」

「ちゃんとやるタイミングがヘンなんだよ！」

そう言った偲与華と加奈が、やがて顔を見合わせてふきだした。ほぼ同時に私も、続いて姫野くんも。
本人だけが意味が分からないという顔でいる。
もう。私たちはずっと成田くんに振《ふ》り回《まわ》されっぱなしだ。

秋の全校集会

夏休みが終わり、二学期がはじまって数日。いつものようにやよいちゃんと落ち合う。

「今日、全校集会だってー。なんの話だろ」

やよいちゃんがハンカチで汗《あせ》をぬぐいながら言う。九月のはじめ、厳しい暑さはまだ続いていた。

「なんだろうね」

そう言いながら、口元がゆるんでしまう。まずい、と思ったけど、やよいちゃんは気づかなかったみたいだ。彼女《かのじょ》は天を仰《あお》いだ。

「ついに進路希望調査の紙が配られたから、それについてかなー？　あーでも全校集会だもんね、違《ちが》うか。進路、杏ちゃんはどうするつもり？」

「んー、今お母さんとけんか中」

「え！」

やよいちゃんが私の顔を見た。

「杏ちゃんちで、けんか？　いつも仲よしなのに……なんで？」

「えっとー……」

どうやって話せばいいかな。

「進路というか……将来のことについて、意見がなかなか合わなくて」


話は、夏休みに入る前にさかのぼる。

私たちは笹村先生から「夏休み明けに演説をしてもらうことになりました」という連絡《れんらく》を受けた。成田くんは「今すぐでもいいのに」と不満をもらしたが、先生は構成を練るチャンスを十分に与《あた》えてくれたんだと思う。私たちはその日にリサイクルショップナガネに寄り、おじさんにそれを伝えた。おじさんは喜んでくれたけど、同時に「これからはもっと気を引きしめて、抜《ぬ》かりないように計画を立てなくちゃね」と言った。

その日、偲与華《しょか》は先生たちを説得できたといううれしさからか機嫌《きげん》がよかったが、加奈は演説の心配な点をもうリストアップしていた。姫野くんは「資料、パワーポイントで作るのどうだろう。ぼく勉強するよ」と提案した。成田くんは「原稿《げんこう》作んなくちゃな」と言ったあと、いつもどおりの顔でスケッチをしていた。みんながそれぞれの、それぞれらしいリアクションをして、なんだかほっとした。一区切りついた、と思ったけれど、よくよく考えてみるとそんなことはない。そんな私を見て、加奈が同じことを考えたのか、言った。

「成田さんの言うように、これで安心してちゃダメよ。話があるんだけど」

成田くんの部屋は窓が開け放たれていて、そこから風が入ってくる。風の運ぶ生ぬるい空気が『もう夏なんだ』ということを表していた。

文化祭まで、あと四か月。

加奈は自分のかばんから銀行の封筒《ふうとう》を取り出した。その中からお札を出す。

「これ、今までためたお金。みんなまだ使ってないよね?」

おじさんにお金が見つかった日、私たちはまとめて管理するのはやめて、おのおの自分の稼《かせ》いだぶんだけを分けて持っていた（私はもともと別だったけれど）。全員加奈の言葉にうなずく。

「そっか。自分で稼いだお金なんだから、自由に使っていいんだよ。もう百万円計画は頓挫《とんざ》したんだし。ねえ、成田くん」

成田くんはそっぽを向いてうなずいた。偲与華がはしゃぐ。「ほんとー？　じゃあ、服と新しいマニキュアとー、ええと……」

彼女《かのじょ》は欲《ほ》しいものを並べたあと、首をかしげる。

「でも、なんだかなぁ。欲しいものはいっぱいあるけど」

そしてその先を言いよどむ。言葉にすることをあきらめたのか、偲与華は姫野くんに「ねえ?」と同意を求めるような声を出した。姫野くんはうん、とうなずく。

「なんだかもったいないよね。でも、中学生がお金を出すのは違《ちが》うって話になったんだし……ただ、来年度以降の予算がどうなるかが分からない、って話があるのに力になれないのは悔《くや》しい。ぼく、全部学校にあげたいなあ、今でも」

「天使か何かか、おまえは」

偲与華があきれたように姫野くんを見たけど、そのあとすぐにため息をついた。「まあ最初はそのために集めてたわけだからね。なんか悔しいってのは納得《なっとく》」

その返事を聞いて、加奈はにこっと笑った。

「もし、今年の文化祭がうまくいったら、その熱が冷めないうちにね、先生にも提案しようと思ってるんだけど」

加奈はみんなに見せていたお金を封筒《ふうとう》の中にていねいにしまった。

「来年度の予算、もしかしたら集められるかもしれない」

「え、どうにかしてうちらのお金を使って、って話？」

「ううん。でも集めるのは私たちよ。稼《かせ》ぐわけじゃないけど。クラウドファンディングって知ってる？」

加奈が説明したところによれば、クラウドファンディングとは募金活動《ぼきんかつどう》みたいなもので、呼びかけに賛同した人が誰《だれ》でもお金を寄付できるインターネット上の仕組み、らしい。

「で、私が目をつけたのが……これがおもしろいところなんだけど、クラウドファンディングって寄付してくれた人にお礼ができるのね。だから粗品《そしな》を用意したり、商店街の人に協力してもらったりして何かを準備できたらいいなって思うの。長根の宣伝にもなるでしょ」

だまっていた成田くんが口を開く。

「寄付の中におれたちの資金も紛《まぎ》れこませるってこと？」

加奈は首を振《ふ》った。

「それはね、やっぱりルール違反《いはん》だと思う。だって私たち中学生なんだから。でもね、うまくいったら来年以降のクラウドファンディングがあるかもしれない。寄付活動があるかもしれない。そしたら私たちは高校生になっているよね？」

偲与華がぽんと手を打った。

「そのときに寄付すればいいじゃん、ってことだ」

加奈はうなずいた。

「私なりにね、お金の使い道考えたの。せっかく集めたのにあんなことになっちゃって……ああでも、それはそれでよかったんだけど……やっぱり意地、通したかったところもあるじゃない」

えへ、と加奈が笑った。

「それに成田くんもあのころ頑固《がんこ》だったし。ほんとは成田くんが会議から出ていったときみんなに相談するつもりだったんだけど、杏も出ていっちゃったから」

そうだったのか。ごめん、と小さく謝《あやま》ると、加奈は首を振《ふ》った。

「私だって成田くんも納得《なっとく》するやり方でいきたかったのよ。でも次の会議のときからつっかかってこなくなったから、タイミングなくしちゃってさ」

成田くんはばつの悪そうな顔をする。

「ま、結果オーライ。で、みんなはどう？　この提案。もちろん全額残せなんて言わないわ。ちょっと悔《くや》しい人向け」

「賛成するよ」

姫野くんが即答《そくとう》した。偲与華もこくっとうなずいて「使い切らないようにセーブしなきゃ」なんて笑っている。

加奈は成田くんを見た。彼《かれ》はだまったあと「うん」と言った。加奈がほっとしたような顔になった。

「杏は、どうする?」

偲与華がこちらに顔を向ける。

「結局セットはそろわなかったんだよね?」

そうだった。未完成の食器セットはまだ机の引き出しにある。バラ売りもできなくはない、けど……。私は考えてから言った。

「たとえば、高校生になったらアルバイトして、そのお金でもいい?」

加奈が答える。

「それは自由よ。それに別に何年後でもいいんだし、考えが変われば寄付しなくたっていいわ。生徒のやる気がまたなくなったり、とかね」

「嫌《いや》なこと言うなー」

偲与華がうげっと言う。

「でも、もしも」

加奈が続ける。

「ちゃんと続くようなら……私も、アルバイトとか、大人になったら仕事して、寄付しつづけたいなって、思う」

姫野くんがにこっと笑った。

「ぼくも。今度は、五人で寄付の合計百万円を目指すのも楽しいかもね」

「それ、いい！」

偲与華がはしゃいだ。

「ちょっと待って。今、杏の意見きいてるんだよ？」

みんなの視線が私に集まる。

私はためらわずにうなずいた。

「クラウドファンディング、賛成します」

そう言いつつ、引き出しの中の食器のことを考えていた。

会議が終わり、解散になる。「いっしょに帰ろう」という偲与華の誘《さそ》いを断って、私はお店に残った。レジに立つ成田くんがいぶかしげにこちらを見た。

「お父さんに話があるんだけどいい？」

「別に」

成田くんはそっけなく答えた。おじさんは今外に出ている。

あれから成田くんは、別段変わった様子を見せない。ただちょっとだけおとなしくなったのかも、と思う。高台で話したあのとき以来、何かをずっと考えているようにも見えた。

それは文化祭のことでもあるだろうし、きっとほかのことでもあるだろう。彼《かれ》の中で考えがまとまったのか、そうでないのかは分からない。

でも。私は笹村先生と話したときのことを思い出してうれしくなった。たぶん成田くんの中で何かが変わろうとしている。それは、きっととてもいい方向に。

「何笑ってんだよ、気持ち悪」

成田くんがあきれたような声を出した。

「賢人ー、手伝ってくれ」

外からおじさんの声が聞こえる。成田くんは「はいはい」と答えながら外に出た。しばらくしておじさんが入《い》れ替《か》わりにこちらに来る。

「ああ、西森さん。どうしたの、話って」

成田くんが私のことを話したらしい。

「あ、あの」

緊張《きんちょう》する。ちらっと食器の棚《たな》を見る。グラスたちはきれいに並べられていた。どこから話そう。

「ここ……人手、足りないんですよね」

唐突《とうとつ》すぎたかも。だけどおじさんは「ああ、そうだね」とすぐに答えて、困ったようにほおをかいた。

「最近忙《いそが》しくなってきてね。賢人も手伝ってくれてるけど」

今だ。私はおじさんを見上げた。

「あのう、私が高校生になったら……ここでアルバイトさせてもらえませんか？」

おじさんは目を丸くして、そしてはっはっと笑った。

「一年半後の話かい？　いやー、先だねえ」

「すみません。でも、私ここでお手伝いしたのが楽しくて。それに、もっと力になりたいと思って」

おじさんはうんうん、と話を聞いた。

「そのときにお店があれば、ぜひお願いするよ。ただ今度はお手伝いじゃなくて労働だからね。ちょっぴりきついかもよ」

はい、とうなずくと、おじさんはうれしそうに笑った。そして何かを思い出したような顔をして、店の奥《おく》に入っていく。

「これ、そろってないと気持ち悪いでしょ」

やがておじさんが持ってきたのは、食器セットの残り。

「ええっでも、私」

あれから何もしてないのに、と言うけれど、おじさんはレジにある新聞紙を使って食器を一つずつ包んでいく。

「ううん、これはお礼だ。お手伝いだけじゃなくて、働きたい、って言ってくれたこと、それといろいろなことへのお礼」

おじさんは店内に戻《もど》ってきた成田くんをちらっと見た。おじさんも成田くんが変わりはじめたと思ったのだろうか。きっと成田くんは、変わろうと思えばすぐに変われる人だ。そしてもっと魅力的《みりょくてき》になって、また誰《だれ》かを振《ふ》り回《まわ》すんだろう。

「じゃ、西森さん。今は文化祭、がんばって。期待してるから」

おじさんが食器をつめた袋《ふくろ》を手渡《てわた》しながら言う。うなずくと、おじさんはすまし顔の成田くんに目を向けた。

「おまえもだぞ」

「そうだな」

成田くんが答える。以前のようなとげとげした感じはない。おじさんの言うことをこんなにあっさりきく成田くんをはじめて見た。

でもそこには成田くんらしい自信満々な含《ふく》みがあって、私とおじさんは顔を見合わせて笑った。


その日、青々とした田んぼ道を歩きながら私は決心した。

絶対に文化祭を成功させること。

高校生になったらリサイクルショップナガネで働いて、お金を稼《かせ》いで中学校に少しでも寄付すること。

あと……。私は帰り道を急ぐ。

お母さんとお父さんに、私の気持ちを伝えること。

今日、七月十七日はお母さんの誕生日の前日だ。お父さんは、今日帰ってくるらしい。予定ではもう家に着いているはずだ。

家に帰ると、お母さんの怒《おこ》った声が玄関《げんかん》まで響《ひび》いた。続いてお父さんの声も。やっぱり、もう帰ってきていたんだ。私はリビングには行かず、二階に急ぐ。

二人のけんかは予想どおりだった。最近、二人が電話するときは決まってどなり声が響いていたから。私が二階にいるとき限定だったけれど、お母さんの声は古い家に響《ひび》き渡《わた》っていたし、何を話しているのかはだいたい見当がついた。

覚悟《かくご》を決めよう。

私は部屋に向かい、引き出しに食器をしまった。美しい食器たちを眺《なが》め、箱をなでる。一階からはお父さんのいらついた声が聞こえた。私は食器の入ったところとは別の引き出しを開ける。

そこにはノートと、プリントアウトされた何枚かの書類が隠《かく》してある。私はノートをぎゅっと抱《だ》きしめたあと、ていねいに引き出しにしまって、かわりに書類を手に取った。

リビングのドアを開けると、お母さんが何かを言いかけているところだった。お母さんと対面していたお父さんと目が合う。

「杏……」

少しこけたほお、するどいまなざし。不機嫌《ふきげん》そうだった顔の、口元だけがぎこちなくゆるむ。

「おかえり、お父さん。久しぶり」

「うん、ああ」

お父さんは何度もうなずいた。さきほどまでの言い合いを打ち消すみたいに。

口を閉じていたお母さんは「杏も帰ってきたし、夕飯、作りましょうか」と作り笑いをした。

お父さんも「そうしよう」と言って、荷物を移動させようとする。

「待って」

その背中を呼び止めた。

「お父さん、来てすぐで申し訳ないんだけど。夕飯の前に二人に聞いてほしいことがあるの。私の進路について」

私は持っていた書類を差しだした。

お母さんは目を見開いたけど、私の顔を見て今までの会話が筒抜《つつぬ》けだったことを悟《さと》ったらしく、おとなしく書類を出したテーブルに近づいた。

お父さんは怪《あや》しむみたいな顔をして書類を見た。目で文字列を追いながら、だんだんまゆを吊《つ》り上《あ》げた。

「なんだ、これは?」

意を決したはずなのに、なんて言ったらいいのか分からなくなった。でも、笹村先生に立ち向かった加奈の声音《こわね》を真似《まね》て、お父さんに答える。

「あのね、お父さん。私東京には行かない。長根に住んで進学する」

きっぱりと言えただろうか。お母さんが驚《おどろ》いたような、安心したような顔を作る。「杏……」

でも、すぐにお父さんの低い声が響《ひび》いた。

「杏、東京に来なさい。そうすれば行ける高校の幅《はば》が広がる。杏は賢《かしこ》い子だから、がんばればきっといい高校に行ける。そのための塾《じゅく》だってたくさんある。いいか、進学先はとても大事なんだ。こんな田舎《いなか》で将来をつぶす気か? もっとちゃんと考えて決めなさい」

お父さんの厳しい口調に心が折れそうになる。でも、それはお父さんなりに私のことを考えているからだ。

それに。大事にしまった食器セットを思うと、勇気がわき出てくるのを感じた。

私は、ゆっくりと話しはじめる。あわてないように、恐《おそ》れないように。

「将来のことももちろん大事だけど、このまま東京に行っても、二人への申し訳なさは消えないなって思ったの」

「はあ⁉」

お父さんの声が響《ひび》く。お父さんはお母さんに向き直る。

「杏に何を言ったんだ！」

お母さんも驚《おどろ》いた顔をして、首を振《ふ》る。

「何って……何も……」

二人が何か言う前に、私は続ける。

「だって二人とも私がいたから……お母さんはやりたかった仕事を辞《や》めて、二人はうまくいかなくなって……そうだったんでしょ？」

二人は苦々しげな表情を浮《う》かべた。

やっぱりそうだったんだ。知ってはいたけれど、ちょっとだけ落《お》ち込《こ》む。でも……ここから、私は変わらなくちゃ。

私は、私なりに考えた。二人に申し訳なく「なくなる」方法。そして、私の心に負担がかからない方法。私は書類を見た。奨学金《しょうがくきん》の制度を印刷した紙だ。

「私、奨学金を申請《しんせい》して高校に行く。それで高校生になったらアルバイトする。大学に行くかは分からないけど……やりたいことが見つかったときのために、自分でお金をためるの。奨学金も、いつか自分で返す。いろいろなこと、自力でやってみたいんだ」

ちょっとかっこつけすぎたかな。はじめお母さんはびっくりしていたけれど、話を進めるにつれ顔つきがどんどん険しくなっていった。

「子供がお金のことなんて考えなくていいの。杏一人ぐらい養えるんだから。バカにしないで」

「ち、違《ちが》うよ。バカになんて……」

私は、二人のために、そして自分のために自立したいんだ。そう言う前に、嗚咽《おえつ》が聞こえた。

「ねえ、私そんなに……不安にさせちゃったの？　片親になっても不自由はさせないつもりで、がんばってきたのに」

「お母さん、違うの、お母さん」

お母さんはわあっと泣きだした。はじめて見る顔だった。どうしていいのか分からず、おろおろしていると、同じくらい焦《あせ》った顔のお父さんが私の腕《うで》を摑《つか》んだ。

「有紗、落ち着いて。杏、ちょっと二階に行こう」

完全に気が動転した私はこくんとうなずいて二階に上がった。その最中も泣き声が聞こえ、罪悪感で胸が押《お》しつぶされそうになる。

私、そんなにお母さんを傷つけてしまったのだろうか。二階の廊下《ろうか》で、お父さんは一階のほうを見ながら腕組みした。

「杏、やってくれたな」

まいった、というふうに眉間《みけん》にしわを寄せている。私はうなだれた。

「ご、ごめんなさい」

やっぱり本当の気持ちなんて言わないほうがよかったのかな。

正直なところ、私は期待していた。「よくそこまで考えたね」と二人が言ってくれることを。

失敗、しちゃったかな。

「なあ、杏」

何を言われるのだろうと、心配で顔を上げる。すると目の前に小さな箱が見えた。

「ちょっと、吸っていいか。ベランダで」

私はとまどいながらうなずく。二人で、私の部屋からベランダに出る。

「はあ、いい空気だな」

そう言いながらお父さんはたばこに火をつける。

お父さんは、怒《おこ》ってはいないようだ。ただ、難しい顔をしている。何を考えているんだろう。

しばらく二人ともだまっていた。

「杏、あのな」

意を決して、というふうにお父さんが口を開いた。

「お父さんとお母さんが今こういうふうになってるのは……杏のせいじゃないよ」

「でも」

言いかけた私を、お父さんがさえぎる。

「いいや。そんなこと、子供が気にすることじゃない。決めたのは全部、お父さんとお母さん自身だ。子供に責任をなすりつける大人は親失格だ。みっともないし、恥《は》ずかしいことだ。さっきは驚《おどろ》いて何も言えなかったけど、そこはちゃんと言っておかないとな」

「みっともない」とか「恥ずかしい」とか、そういう言葉の一つ一つが重く私にのしかかる。

気づけば、口を開いていた。

「違《ちが》うの、お父さん。私はね、二人にはそういうことから少しでも自由になってほしいの。責任とか、お金とか……私のせいで二人に我慢《がまん》させるのはもう嫌《いや》なの！」

自分でも驚《おどろ》くくらい、大きな声を出していた。お父さんはぽかんとした顔で、こちらを見た。

「ご、ごめんなさい」

お父さんはゆっくりと正面を向いた。そして少しの間、たばこに口をつけることもなくだまっていた。やがてお父さんは、大きく息を吸って……吐《は》いた。

「そうか」

「え？」

「杏も大きくなるんだよな。いつまでも子供だと思ってた」

純粋《じゅんすい》に驚いているような言い方だった。けど、その横顔は納得《なっとく》したような、穏《おだ》やかな表情に見えた。

「ええっと」

よく分からないけど、今しかない。

「私は……みんなが私のことをちゃんと考えてくれたみたいに、私もみんなを大事にしたいし、いろんなことにちゃんと向き合っていきたいの。だから住み慣れた長根で、自立のための準備をしたいって思ったの」

一生懸命《いっしょうけんめい》言葉を選ぶ。お父さんはしばらく何も言わなかったけど、やがて独り言みたいにつぶやいた。

「この前まであんなに小さかったのにな。魔法《まほう》にでもかかったみたいだ」

「魔法、に？」

「これじゃ大魔法使いアリサも引退だな」

「大魔法使いアリサ」は昔、お母さんが魔法使いごっこをしてくれたときに名乗っていた名前だ。お父さんはふふんと笑った。その笑い方は、電話口でお母さんを「ドジ」とからかったときと同じだった。でも、目元には懐《なつ》かしむような笑《え》みが浮《う》かんでいる。

あのときは意地悪な笑い方だと驚《おどろ》いたけれど……その目を見て、私はリサイクルショップでのことを思い出した。

立場によって、見方も考え方も変わる。

けんか別れしたお父さんとお母さんは……思い出を素直《すなお》に懐かしがることができないのかもしれない。

そのときふと、ある考えが思《おも》い浮《う》かんだ。

私はずっと、自分が二人にとって負担になっていると感じていた。だから、私は私なりにみんなのためを考えたつもりだった。

おじさんや笹村先生のときは、それでよかったはずだ。あの二人は、きちんとした主張であれば私たちを受け入れようとしてくれていた。

お父さんとお母さんは、親権について私と話したくなさそうだった。それは私が未熟だからだと思っていたけど……。

二人にはまた別の理由があるんじゃないかと、今は思えた。

もしかしたらと思う。もしかして私はごく当たり前で単純なことを、今まで考えてもみなかったのかもしれない。

「あの、お父さん」

「ん？」

確信が欲《ほ》しいような、そうじゃないような、複雑な気持ちだった。

でも、私はきいてみることにする。

「お父さんは、もしかして……私と暮らしたいの？　ええと、責任とか、お金の問題とかは抜《ぬ》きで」

お父さんはこちらを向いて、二、三度まばたきをした。その手からたばこがぽろりと落ちる。

「ああっ危ない！　杏、離《はな》れてろ！」

お父さんは地団駄《ちだんだ》を踏《ふ》むようにあわててたばこを踏《ふ》み潰《つぶ》した。そしてすかさずしゃがんで、たばこを拾う。そして、

「当たり前だろう」

ちょっと怒《おこ》ったような、照れているような声でそう言った。

そのときの私の気持ちといったら、なんて表現すればいいんだろう。

大人へのイメージががらっと変わった。

お母さんもお父さんも、責任だのお金の心配だのさんざん言っておいて、いちばん大事なことはそういうことじゃなかったんだ。だから私の言葉に泣いたり傷ついたりしてしまった。

じゃあ、私が用意した言葉たちはてんで的外れだったんだ。しっかり準備したつもりだったのに、なんだかがっくりくる。いや、二人の気持ちはとってもうれしいんだけど。

ただ、今まで感じていた緊張《きんちょう》はするっとほどけた。とたんに、たばこを落としたときのお父さんのあわてぶりが思い出された。

「ふふっ」

「なんだ?」

「ううん、なんでもない」

決まり悪そうなお父さんの背中を、そのときはじめて、かわいいと思えた。


リビングに行くと、お母さんはきっと私たちをにらみつけた。そして、話の続きと文句を次々と私に言う。お父さんが口をはさもうとしてお母さんがまた怒《おこ》り、二人はけんか腰《ごし》になる。意を決して、私も口を出してみる。お母さんがまた怒る。お父さんも私の甘《あま》さを指摘《してき》する。でも前のような恐怖感《きょうふかん》とか、無力感はみじんもなかった。ただ、二人の気持ちをないがしろにしてはいけない、と思った。だから言葉にはとても気をつけたし、私にとって二人がどれだけ大事な人かを強調した。それが伝わったのか、二人は時折私の言葉に考えこんだり、「確かに」とうなずくそぶりを見せたりした。

大人って、ややこしい。

次の日、お母さんのバースデーケーキを囲みながらも話は続いた。いいのかなぁと思ったけど、二人がどんどん話しかけてくるから答えるほかなかった。話し合いはお父さんが帰ったあとも続いた。仕事が終わったお父さんから電話がかかってくると、私たち二人は決まってリビングに集合する。私が二階にいるときはお母さんが呼びに来てくれるし、私がいないときはお父さんに「あとで」と言ってくれているらしい。そうなったのが実はとてもうれしかったんだけど、話がややこしくなりそうだから言っていない。

二人の言うとおり、私の見通しはきっと甘《あま》いんだろう。きつい言葉もときどき投げかけられるけれど、不思議と嫌《いや》ではなかった。

言い合いの中で、いつか、いつか、と私は願う。

いつか、三人で納得《なっとく》できる結論に落ち着いたら……二人にあのすてきな食器セットを見せたい。そして三人で硬《かた》い野菜の入ったシチューを食べよう。笑いながら、そして、今までのすべてのことを話しながら。

そんなわけで、私の進路希望調査用紙はまだ白紙だ。

朝の通学路、いろいろ考えた末、わが家の様子をかいつまんでやよいちゃんに説明する。

「うーん、分かってもらえるまでのんびり戦うよ」

そう言うと、やよいちゃんはじっと私を見た。「なんだか杏ちゃん、ずいぶんオトナっぽくなっちゃったみたい」

驚《おどろ》いたあと、私は笑った。


全校集会。整列が終わっただけで私の心臓は破裂《はれつ》しそうなくらい高鳴っていた。全クラスが集まったあと、笹村先生が「静かに」とアナウンスする。そして「みなさんにお話があります」と続けた。「大事なお話です。心して聞くように」列の前のほうで偲与華がお祈《いの》りをするみたいに手を組んでいる。

成田くんが壇上《だんじょう》に上がる。彼《かれ》の表情を盗《ぬす》み見《み》るけれど、どうってことない、いつもの顔だ。「自分がここにいて、こんなことをするのは当然」っていうあの顔。そしてきっと彼は「当然、文化祭は復活する」と思っているんだろうな。生徒の説得に、先生たちへの証明に、いろいろ課題が残っているのに、自信満々なのは変わらない。

彼の顔を見ていると、自然と「大丈夫《だいじょうぶ》だ」という気になってくる。「こんなの、いつものこと。今回は学校全体を巻きこんで、彼が自分の言い分を通すだけ」そう思うとすっと気持ちが楽になる。

成田くんが階段を上りおわるまでの短い間、私は目を閉じて想像する。それはあの異国風の風景ではなく、夜の長根中学校でキラキラとイルミネーションが輝《かがや》いている光景だった。十一月、田舎《いなか》の中学校に光が灯《とも》り、中学生も大人もいっしょになって笑っている。

成田くんは一礼し、マイクに向かって口を開いた。

「ぼくには、忘れられない思い出があります。九年前に引《ひ》っ越《こ》してきたとき、ぼくはなかなか長根になじめませんでした。でも――」

好奇《こうき》のまなざし、怪訝《けげん》なまなざし、ほんのちょっとの期待のまなざし。学校じゅうの視線を一身に受けながら、彼《かれ》は壇上《だんじょう》で話しはじめた。

望月雪絵　もちづき・ゆきえ
千葉県生まれ。
「魔女と花火と１００万円」で第六十回講談社児童文学新人賞佳作を受賞。

この本は、第六十回講談社児童文学新人賞佳作受賞作に加筆・修正したものです。

魔女《まじょ》と花火《はなび》と１００万円《まんえん》

二〇二〇年七月十四日　第一刷発行
二〇二一年一月　六　日　第二刷発行

作……………………望月雪絵《もちづきゆきえ》
発行者………………鈴木章一
発行所………………株式会社講談社
東京都文京区音羽二-一二-二一
〒一一二-八〇〇一
電話　編集　〇三-五三九五-三五三五
　　　販売　〇三-五三九五-三六二五
　　　業務　〇三-五三九五-三六一五

KODANSHA

印刷所………………豊国印刷株式会社
製本所………………株式会社若林製本工場
本文データ制作……講談社デジタル製作

N.D.C.913　207p　20cm　ISBN978-4-06-519511-6